趙剛
小説
精選

賣鬼記

趙剛 —— 著

CONTENTS

我的姓氏，父親的帽子

——為一個不存在年代的記憶

全家回城後父親就嘮叨開村子裡的誰誰誰借了他兩瓶酒，誰誰誰借了他半袋米，誰誰誰欠他多少錢。酒和米也就算了，一聽有人欠我們的錢媽媽不幹了，就發火，說別人欠你錢怎麼不早說？現在回南京了再說有個屁用！父親看著她搖頭，扭頭朝我們無聲地張了張嘴，從口型上判斷他說的是兩個字，潑婦。我們三個人就一起笑——爸爸總是能輕易地讓家裡的人快樂起來的。我說的我們三個人是我和我的兩個弟妹，這一年弟弟十二歲，妹妹八歲，我十五歲。爸爸從此在生活中養成了嘮叨的習慣，一逮著機會就說誰誰欠他什麼什麼，每次媽媽聽到他說這事就著急，忍不住要數落他，只要媽媽一張嘴爸爸便不吭聲了，但是只要媽媽一停下來，隔不了多久爸爸就會舊話重提，我們甚至覺得爸爸是故意以此來激怒媽媽的，因為我並不認為真的有人欠我們家什麼，那麼他為什麼要一再聲稱別人欠他的錢呢？他是什麼意思？他究竟想幹什麼？

父親

生活中父親與帽子的關係更為密切。自我有記憶以來父親一年四季都戴著帽子。他常戴的是一頂淺簷的棕色皮

帽，帽檐壓得很低，看人時下巴便相應地抬高，冷竣的神色與百無聊賴的情緒混雜，他將此理解為「傲慢」。這已經是一個頗為古典的詞彙了，現在的孩子管這個詞叫「酷」。其中當然有故作和刻意的成份，一種故作姿態的刻意，是淺薄的時代與某人之間的一個玩笑，父親自己卻渾然不覺。四十歲的時候他走在南京的大街上，下巴抬得很高，雙手斜插在褲袋中，遇到年輕的異性時眼神便迅速加溫，臉上的神情則愈顯冷竣。這時父親才真正開始在生活中覺悟，生活與他的玩笑就此展開。走在大街上的父親刻意要將自己裝扮成一個流氓的模樣，卻忽略了流氓其實是有著青春時限的；他大半生在軍營中度過，即使是在後來的鄉村生活中，他也總覺得自己依然延續著軍人的屬性，是暫時脫下軍服的軍人。等意識到一個城市流氓比一個稱職的軍人更能讓自己快樂時，他已經四十歲多了，早過了可以成就夢想的時段，此時再努力，他在城市中的最好結果至多是個無賴，無論如何都到不了（城市）流氓的境界了。

　　年輕時的黑白照片上，父親著軍服的時候不多，平時一身便裝，戴一頂棕色帽子——黑白照片上突兀的棕色——你信嗎？

　　一天下午放學回家，爸爸和弟弟妹妹三個人正圍在桌子前寫寫畫畫，看見我爸爸高興地喊，你可回來了！快來幫幫我們！我問你們在幹嗎？爸爸說我要統計一下外面欠帳。我說這點小事找蒙古就可以了。爸爸說他們算不清楚，還是你來吧！弟弟就喊，

是爸爸說不清楚，他一會兒說人家欠他十塊，一會兒又說五十塊。爸爸曲起中指彈了蒙古一下腦門，你們兩個去給我買一包香煙。掏出一張拾元的鈔票放在桌子上，妹妹一把把錢抓在了手中，弟弟慢了一步。在對錢的敏感度上弟弟總是比不上小妹的。兩個人吵鬧著出去了。在我們家，給爸爸買煙是賺錢的機會。爸爸抽的是六塊錢一包的煙，但是每次都給我們十塊錢，多出來的錢就成跑腿費了，所以我們都把給爸爸買煙當作一樁美差。我坐在蒙古的位子上開始幫爸爸整理帳目，他報個人名，再報出所欠的帳目，我負責記錄並將數位累計。隨著數字的連續累加我開始疑惑了。是爸爸報出的數字讓我疑惑：張三，二塊，王知識八塊，張四二十，劉五根，一百五，大柱子，五百七十三……沒多一會兒，數字已經遞增到二萬多了。中途我多次打斷爸爸問，你肯定別人欠你這麼多錢嗎？爸爸說那當然！這我能瞎說嗎？可我還是不敢相信。在我的記憶中我們家從來沒有過這麼一筆龐大數字的錢，媽媽以前常常為一毛錢甚至幾分錢和賣菜的小販計較，而且在農村的十多年中全家只有媽媽一個人在縣城工作，工資也少，根本不可能掙到這麼多錢的，而爸爸報出的數字還在增加，楊木匠，八塊。老宋頭，一萬五。我一哆嗦，手中的筆叭地掉在了地上，剛要張口向他核實，媽媽回來了。還沒進門就聽見她在數落蒙古，你看你髒成什麼樣子了？你爸爸怎麼也不管管你！爸爸一把將記錄帳目的紙搶了過去塞進了口袋，小聲對我說，別跟你媽說這事。我點點頭。再看爸爸，他臉色通紅兩眼亮得像燈一般，神情亢奮至極。

　　事後證實爸爸報的每一筆帳目都真實存在。在鄉村的最後半年他是在賭桌上滾打過來的，這些欠帳都是在與當地人賭博中累

積的數目。當時我們三個孩子跟著母親在縣城，只有他一人在村子裡，所以對他這半年取得的成績渾然不覺，即使他主動說起也沒一個人相信。全家人剛回到南京，新生活正一層一層地展開，大家的精力都集中在各自面對的生活上：回南京後不久媽媽就被國家安排進了一個單位；媽媽是個要強的人，工作上吃苦耐勞，生活中省吃儉用，一心想著要在最短的時間裡把日子過得出色起來。爸爸還在託人找工作，他的問題有點複雜，想找個掙錢的地方在當時的政治氛圍中不大容易，所以遲遲不能如願。後來想想可能正是這種無法稀釋的壓力才導致了他內心的瓦解和崩潰。妹妹剛上二年級，乖巧聰明，是家裡最省心的。弟弟則動輒和同學幹仗，學校裡的那幫孩子欺生，沒事就逗他，他又是那種嘴拙性野的類型——鄉野生活薰陶久了——話說不過人家就動手。城裡的孩子人多勢眾，他們從沒有單挑的觀念，一打起來總是一湧而上，蒙古就常常被人家痛扁，每次吃虧了就來找我。這一陣我沒少打架，多數是為蒙古。這也沒辦法，所有的一切都剛剛開始，你身上的優點和善良沒人知道，你在向他們展示你的羽毛之前先得讓他們認識你的粗魯，否則你永遠不可能有機會向他們展示你的羽毛；我也相信電影上一句黑社會的語錄，優雅是打出來的！那段時間全家的每一個人都在自己的生活中苦苦掙扎，對父親身上的變化關注不夠，所以出事後全家人一下就懵了。

　　出事那天爸爸來找過我。那天下午我們班正在操場上上著體育課，男同學們在玩球，女同學自由活動。體育老師單獨把我叫到一邊談話。他告訴我二個月後市裡有個學生運動會，他已經推薦我代表學校參加百米比賽了，要我好好準備。爸爸這時出現了，他背著一個大包，腳下穿著我的一雙旅遊鞋，手裡拿著一頂

帽子，遠遠地站在跑道邊的一棵大樹下朝我招手。體育老師問我，那人是誰？我說是我爸爸。體育老師看看他轉臉對我說了一句，你爸爸挺精神的！我跑過去問，你怎麼來了？爸爸說我要去外地掙一筆錢。我問去哪裡？父親說不知道，也許是宿遷，也許是天津。我問費事嗎？爸爸笑著說，不費事，一二天的工夫。我問能掙多少？父親說，夠我們家活個十年八年的不成問題。我問你有把握？父親：百分之百。問你要不要和我一起去？我說不行，我要上學呢！爸爸說你請幾天假吧！我說不可以的。這邊的課程跟宿遷的不一樣，我有點跟不上。爸爸說上學是最沒前途的，你還是跟我走吧！拿到錢我們倆就到北京玩一趟。我有點動心了。北京我還沒去過呢！忽然想起一個問題，問他，你跟媽媽說了嗎？我當時想只要媽媽讓我和他去我就去，如果媽媽沒說讓我去我就不能去，否則我會被修理得很慘。爸爸的回答讓我大吃一驚，他說我沒和你媽說。不過等我們把錢拿回來，你媽見到錢也不會說什麼的。我啊地一聲，說你沒和媽媽說你要出去？爸爸聳聳肩膀。我說那我更不能去了。爸爸又勸了我一陣，看實在沒戲就不再堅持，對我說那你好好上課吧！不過你得替我保守秘密，別告訴你媽我去外地了。這個要求在我們之間已經成為一種習慣，每次爸爸和我說什麼事最後都要如此這般地叮囑一番。我說沒問題。爸爸說那我走了，我得趕車。我說你掙到錢就趕緊回來。爸爸伸手揉了揉我的頭髮，笑了笑，走了。走出兩步後才把帽子扣上了腦袋。記憶中的胳膊長長的。

　　這個下午我有點莫名地興奮，本來我對掙錢缺乏概念，覺得是一件特別艱辛的活兒，可看到爸爸躊躇滿志志在必得的架式就由不得自己不相信了。這事看來靠譜。我想。一想到過兩天我們

家將出現一筆鉅款就禁不住心花怒放起來，甚至有點後悔沒跟爸爸一起去，說不定還能從中分一點零花錢呢！

　　儘管答應不和媽媽說爸爸的事，但是晚上被媽媽一問還是說了出來。後來想想爸爸的要求也不大現實，家裡突然少了一個大活人，怎麼可能隨隨便便搪塞過去呢？晚上吃飯時媽媽東看西看總覺得不對勁，好半天才反應過來是家裡少了一個人。她停下筷子問我們，你們爸爸呢？蒙古和小妹說我們放學回來就沒看到他。他們說話的時候我埋頭吃飯。媽媽盯著我看了一會兒，說你先別吃，告訴我，你爸爸呢？我正琢磨著如何搪塞，媽媽突然火了，筷子啪地往桌子一拍，你給我老實說！我就不敢編了，老老實實地說，爸掙錢去了。

母親

　　我無法準確把握任何與母親相關的文字，每觸及此類文字都倍感吃力。我也沒有關於母親年輕時的記憶──這屬於父親私有。

　　你應該笑一笑。鏡頭裡的母親表情生硬，不像是在拍照，而是在完成一樁力所不濟的工作。母親的背後是一棵枇杷樹下，綠葉繁茂的枝頭間結滿了黃橙橙的枇杷。我利用觀測鏡觀察著母親，查看著她在生活中的姿態，輕鬆而愜意的一個下午。這種時刻在我和母親之間並不太多，印象中的母親始終在生活中忙忙碌碌，難得有停下的時候。鏡頭裡的母親於我和她之間習慣的距離稍遠，人似乎比正常狀態下縮小了許多，我的食指懸在快門上，遲疑不決，生怕一指按下去鏡頭中的她就變成一個十一二歲的小女

孩，甚至更小。是某種陌生的距離讓我產生了一絲恐慌，我不停地把相機從眼前挪開，想確認一下母親與我與生活之間的真實距離。我的恐慌影響到母親，她以為自己有不恰當的妝扮，屢屢垂頭查究，臉上疑慮重重。等一下，我要換一雙鞋。母親終於發現自己是穿著一雙拖鞋的。我說我不拍全身，不用換鞋。母親不再堅持，但是臉上的神情依舊凝重。我說你放鬆點，這又不是拍電影。母親嘴角努力地咧了咧。我說你還是太緊張了。她說算啦不拍了，你自己玩吧！掉頭就往家走。我沒動，仍然在鏡頭中追著她的身形，母親快上臺階時我張嘴喊了一聲，媽媽！我忽然有點激動，聲音像一根繃緊的琴弦在空氣中微微顫動著，母親吃驚地回頭，我眼睛一閉使勁地摁下了快門，卡嚓一聲——

這是我一生中為自己母親攝下的唯一一張照片。第二年枇杷成熟的五月我已經不在母親身邊了。那一年蒙古在一個下午爬到樹上摘枇杷時從樹上摔下來，斷了一條胳膊⋯⋯

父親就這樣離開了。二天過去了，然後又過去了二天，爸爸始終沒有回來。一個星期之後，媽媽著急了——她並不關心是不是真有人欠爸爸錢——班也不上了，接下去的一個星期她領著我滿南京地尋找爸爸，所有的親戚和朋友家挨個跑了一圈，結果一無所獲。在我們眼裡媽媽跟爸爸平時的感情並不融洽。兩個人動輒拌嘴吵架。也難怪，全家人一直靠媽媽的工資生活，爸爸因為自己的問題長期賦閒在家，這讓要強的媽媽內心極度不平衡，兩

個人吵架時媽媽沒少抱怨，總說如果哪天回家時看不到爸爸就好了。可爸爸一旦真不在家了她又慌得跟耗子似的，六神無主地在生活中團團打轉。女人真是一個情感怪異的動物，任何時候都不能離開男人的，哪怕這個男人整天遊手好閒什麼都不做。

半個月的時間裡爸爸的音訊全無。媽媽已經快瘋了。在所有的尋找沒有結果之後，她果斷地作出了一個決定。這個決定改變了我一生命運。

那天夜裡我已經和蒙古睡下了，半夜時媽媽叫醒了我。當時我正在做夢，一個飛翔的夢。我像一隻鳥一樣在生活中飛起來了。一片陽光托著我緩緩上升，風呼呼地刮過耳邊，下面的景色在不斷地疏遠之中生長……天空突然晃動起來，身體在空中搖搖欲墜，飛翔和身體都如此地渺小和脆弱，我哇地從床上坐了起來。媽媽說是我，別怕！別怕！扶著我躺下了。媽媽坐在床邊，幫我掖好被子，哄嬰兒似的輕輕拍著。做夢了？她問。我點點頭。我問幾點了？媽媽說兩點多。我問你怎麼還不睡？媽媽說我想跟你商量一件事。我問什麼？媽媽說這麼讓你爸爸在外面終究不是個事，我們還是應該把他找回來，咬著牙說，活要見人死要見屍。我說我們能找的地方都找過了，並沒找到他。媽媽說他肯定在某個地方，我不相信他會去別的星球。我說我們能怎麼辦？媽媽看著我說，照理應該我去找你爸的，但是我剛剛工作，你知道得到現在的這個工作很不容易，如果沒了工作一家人的生活都成問題，而你弟弟妹妹年齡又小，拋下他們我也不放心，我想來想去只能讓你代我出去找你爸爸了。我說可我要上學呢！媽媽說這也是讓我為難的地方，如果讓你去找人勢必會耽誤你的學業，但是你爸爸在外面生死不明我們又不能不找。我想來想去只有讓

你暫時犧牲一下了。如果不把你爸爸找回來我們一家人都不能安心的。看了我一眼繼續道，媽媽向你保證，這只是暫時的，等把你爸爸找回來你就可以繼續上學了。你的成績好，應該很快就能趕上去的。家裡以後會儘量給你提供幫助，能考上大學就供你上大學，考不上大學就給你找個好工作。我還沒來及說話，蒙古突然從另一頭坐起來大叫一聲，我也要去找爸爸！媽媽被他嚇了一跳，啪地打了他一下，你好好睡覺！

看起來這次媽媽是下了決心了。她為我即將展開的工作做了必要準備，其不記成本不惜代價的行事作風對於她從未見過。她向上海的舅舅借了三千塊錢給我買了一支手機，說是為了方便我和家裡的聯繫。我覺得她是在進行一次賭博，她把賭注全部壓在了我身上，讓我擔心的是賭贏當然皆大歡喜，可是如果輸了怎麼辦？如果我把錢和手機全都花光了而最後沒能找回爸爸怎麼辦？

在為我的出行做著準備的同時，媽媽還抽空領著我去了一趟學校，跟學校請假。學校對我們家的境況表示同情，很爽快地准了假。只有體育老師很是不甘，他把我拽到一邊問我能不能等參加完運動會再走。我說這得問我媽媽，他又去問我媽媽，他對我媽媽說，這次運動會很重要，你看能不能……媽媽說謝謝老師，但是孩子他爸爸現在生死不明，我們也沒有心思去爭取運動會上的名次。體育老師沒話了，只叮囑我，一找到人你就趕緊回來，我給你保留一個參賽名額。

早晨離開家的時候蒙古還在熟睡中。昨天他和我說了一晚上的話，天快亮了才睡著。臨出門前我跑到媽媽的房間看了一眼小妹。她也沒醒，媽媽已經為我燒好了早飯，想讓我吃點東西再

走，我沒胃口。就走了。在我出門的一剎那，母親眼淚嘩地下來了，她用手絹按著眼睛，嘴裡一個勁地說，你還是個孩子！你還是個孩子！

我逕自去了火車站。這次出行目的地不明，我無法確定爸爸具體所處的位置，媽媽沒有規定我的行程路線，只讓我在爸爸可能出現的地方找一找。「可能出現的地方」？如此含混不清的概念。這次出門帶的東西並不多，除了必備的換洗衣物之外，媽媽還為我準備了一些常備藥物，主要是治拉肚子和感冒發燒這一類藥。除此之外就是一個手機和二千塊錢了。這是我全部的家當。全部的家當都裝在一個黃書包裡。一個星期前書包裡還裝著課本作業本等學習用品，一個星期後已經被生活內容替代了。

我的第一站從哈爾濱開始。爸爸是哈爾濱人，他在那裡還殘存著一絲遠親近鄰般的人脈關係，雖然平時聯繫稀鬆卻也偶有通信。我們在農村時曾經有一個哈爾濱的親戚寄過一筆錢給我們，爸爸那時常和我開玩笑，說等我長大了就帶我回哈爾濱找個媳婦。在他看來全中國的女人就數哈爾濱最出色。他說這話時口氣賊大，好像他是哈爾濱市市長或者當地婦聯主任，可惜我媽媽卻不是哈爾濱人，僅此一點便讓他的話打折不少。到了哈爾濱後我順利找到了一個遠房親戚，在他的幫助下聯繫上了所能聯繫到的一切可能的關係，但是沒人見過爸爸，他們說自從爸爸十歲那年離開哈爾濱後就再也沒回來過。我不甘心，又在哈爾濱滯留了數日，整天滿大街的晃悠，指望在大街上能和爸爸不期而遇，但是結果令人失望，腳下的這個城市在時間中得過且過，種種跡象表明爸爸並沒有來哈爾濱。確定這一點後我就離開了，隨即去了山東煙台，然後又在安徽的蕪湖逗留了數日。在蕪湖的最後一個下

午我突然想家了。那天我坐在一家百貨商場前寬大的臺階上，周圍有一些乞丐，多是一些老人，他們破破爛爛地在向路過的行人乞討。一個五六歲的小女孩追隨著一對年輕戀人一路走過來，手裡舉著一枝玫瑰花，意圖讓這對戀人買下她的花，戀人卻沒有這種打算，女的還不斷地驅趕著小女孩，滾開！真是的！我聽出來了，他們是南京人。南京人口頭禪就是「真是的」！他們走過我身邊時我用南京話向他們招呼，你們是南京人嗎？女的警惕看了我一眼，男的則猶豫了一下，掏出一枚硬幣扔在我的面前。我當時的模樣一定讓他們覺得我也是乞丐中的中的一員了。那枚硬幣躺在我的腳邊，陽光下閃閃發亮。賣花的小女孩站在離硬幣兩步遠的地方，眼睛緊緊盯著地上的硬幣。我說你想要嗎？小女孩點頭又搖頭。我說你想要就拿去吧！她沒動彈。我起身走了。

第二天我去了合肥。合肥是安徽的省府城市。這次出來我帶來了很厚的一卷「尋人啟事」，是用A4複印紙列印好的，每到一個城市我都要在熱鬧的地段張貼幾張。啟事上除了爸爸的外貌特徵的文字描繪之外還有一張爸爸戴著帽子的相片，剩下的就是我們家的地址和我的手機號碼。手機自從買來之後一共只響過三次，全都來自媽媽，都是例行公事的詢問，現在在哪裡？你去過哪裡諸如此類的。手機的鈴聲很特別，是一個老人的咳嗽聲，一有電話過來手機就會咳咳兩聲，如果你不接它就一直咳下去。手機最後一次咳嗽是一個星期前，當時我在濟南，那天上午十點鐘左右媽媽打電話給我說南京這邊爆發了流感。讓我自己注意飲食和衛生，可能的話吃點大蒜什麼的。那次之後手機就沒再響過了。隨著張貼出去啟事增多，內心對手機的期待也在不斷增加，

我相信留在身後城市裡的啟事總有一份可能會被爸爸看見，只要他看見就一定會按照啟事上的號碼撥打電話的，那時就會有兩聲咳嗽從我的腰部發出——手機一直被別在我的皮帶上。但是後來手機卻再沒響起過。我懷疑手機是不是壞了，有二次忍不住跑到公用電話亭用投幣電話撥打自己的手機，直到手機咳嗽起來才放心。

我是早晨七點鐘左右到的合肥。對於一個旅客而言，早晨七點是一個尷尬的時段，生活剛剛從睡眠中甦醒，整個城市都在洗漱中，景點還沒開門，上班的人還要經過路途的過渡，被命運擺渡到此地遊客並不方便找個旅館立刻睡覺。

出了火車站後我在附近遛達了一會兒，心想閒著也是閒著，就在火車站附近張貼起「尋人啟事」來。我剛剛貼出了一張「尋人啟事」，手機響了，咳咳。我掏出手機一看是南京的號碼，應該是媽媽。現在是早晨七點多，媽媽這麼早找我幹什麼？難道爸爸回家了？一念至此我的心咚咚咚急跳了數下，趕緊摁下了接聽鍵。打電話的人卻不是媽媽，是一個孩子，好半天我才反應過來是蒙古。我沒好氣地說你給我打什麼電話？接手機不要錢呀！蒙古在電話裡怯生生地問，大林，你在哪裡？我說我在合肥，你有什麼事情？蒙古說大林，家裡出事了！我問怎麼了？蒙古吞吞吐吐地說，家裡來人了。我問來什麼人？蒙古說是一個……男……人。電話中的蒙古突然哭了起來。我說你哭什麼，有什麼事你說好了，哭個什麼勁！真是的！蒙古還是哭，哭得上氣不接下氣的。我問媽媽在不在旁邊？你讓媽媽和我說話。蒙古說我是在學校附近打的電話，媽媽不讓我給你打電話。大林你快回來吧！說完這句話電話突然斷了，我回撥了多次也沒能再撥通。

家裡肯定是出了什麼事了，否則蒙古不會給我打電話的。我坐在街邊的欄杆上猶豫了一會兒，決定回家，放下一切立刻回家。

三個多小時後我到了南京。出了火車站我直接去了蒙古的學校。我不知道家裡究竟發生了什麼，我要先找蒙古問問情況。到了校門口時學校還沒放學，我在門口等了一會兒後學生們陸續地出來了，嘰嘰喳喳地。蒙古夾在一群學生中，愁眉苦臉的。我大叫了一聲蒙古！他一抬頭，愣了一下，猛撲過來一把抱住了我。大林！大林！突然哭了起來。

事情比我料想的要複雜。據蒙古介紹，一個星期前家裡來了一個瞎子，自稱是爸爸的朋友，早年受過爸爸的幫助，現在生活好了專門來看看爸爸。媽媽告訴他爸爸前一陣失蹤了，現在生死不明的。瞎子聽說爸爸失蹤顯得很著急，一再安慰媽媽說爸爸外面的朋友很多，不會出什麼事的，還主動要求留下來幫著尋找爸爸。就這樣在我們家駐紮下來。我問蒙古媽媽怎麼會答應他留下的？蒙古說瞎子給了媽媽一筆錢。我說瞎子好好的要給錢我們幹嗎？蒙古：瞎子說早年爸爸幫助過他，他這次來就是為報答爸爸的，還說現在家裡也需要用錢，讓媽媽無論如何要收下。我又問，他在我們家睡哪兒？蒙古說他和我一張床。我稍稍放心了一些。

聽蒙古的介紹加上自己判斷，我預感到這個瞎子是個扎手的角色，他在我們家能住下來就已經表明起碼已經取得我媽媽的某種信任。這裡面的問題在於，就算是為報恩也沒必要非要住進恩人家裡的，真要報恩把錢給我們就可以了，沒必要非得和我們一家同吃同住的。那麼他賴在我們家是什麼企圖呢？要錢，抑或是

要取代父親的角色？這二點對於我或者我們家而言都是極其危險的。這裡我不能荒謬地妄言什麼如果他的目的是錢倒還好辦諸如此類的昏話。錢在我們家屬於緊缺物資，媽媽更是只有一個，所以錢和媽媽都是不能被分享的。以前我在電視上看過一集《動物世界》，那集電視片紀錄了一群獅子相互廝殺的血腥場景。有一天一頭外來的雄獅闖進了一個獅群，獅群裡的獅王為了自己的領地與來犯者瘋狂廝殺。有意思的是廝殺開始時，獅群裡的雌性獅子並不表明立場，它們始終保持觀望的態度，獅王與來犯者之間一直未見輸贏，後來不知是念及舊情抑或是別的什麼原因，母獅最終還是站到了獅王的一邊，迅速加入了戰鬥，遲遲不能取勝的獅王後來是在母獅的助陣下趕走了來犯之敵，重新控制了獅群。動物世界的某些情態會在特定的某個時段重現於人類世界中，譬如某一天一個瞎子一路敲打著竹竿闖進你的家……瞎子的來歷無關緊要，關鍵在於他闖進我們的領地，儘管他沒明言其目的，但是按照動物界規律判斷，不外乎金錢和異性這二樣東西。所以保護好家庭財產並將他驅逐出去就成了家裡每一個成員的共同責任。本來這時衝在最前面的應該是家裡的獅王——我們的父親，這是父親的責任——他有保護我們的義務，可是在這之前他出門了，那麼維護領地完整痛擊入侵者的責任只能由他的兒子來承擔了。這種局面下媽媽的態度至關重要，她的立場將決定整個戰役的進度勝敗。

　　我在外面一直磨蹭到天黑才進家門，全家人包括瞎子在內正在餐桌前用餐。看到我突然出現，小妹騰地一下跳了起來，像一根彈簧。哥哥！你回來了！媽媽放下筷子幫我接過包，然後吩咐蒙古，快給你哥盛飯去！坐在飯桌前的瞎子這時也顫巍巍地站了

起來，熱情地朝著我的方向招呼，是大林嗎？是大林回來了嗎？我看著他，轉臉問媽媽，這位是誰？媽媽說，這是我們家的客人，你就叫皇甫伯伯吧！我哦了一聲問，黃先生怎麼知道我的名字？瞎子說，你媽媽和弟弟妹妹常說起你。你是個了不起的孩子！我說黃先生，我已經不是孩子了，把我當孩子對你不公平。瞎子感覺到了來自我的一份不友好，卻愣是跟我裝傻，是啊，是啊，窮人的孩子早當家嘛！媽媽沒讓我再說話，快吃飯吧！快吃飯吧！也不知她是否聽出了我的話有一部分情緒是針對她的。

坐下後媽媽問這一陣你都去哪些地方了？我告訴她從哈爾濱出來後去了哪幾個地方。媽媽一邊聽一邊給我夾菜。另一邊，瞎子吃得很快，三口兩口吃完碗裡的飯，站起來說，你們慢慢吃！我說你坐一會兒吧，我們再聊聊！瞎子說你們母子很久沒見，我就不打擾了！起身離開了。看來我的出現讓他感到不安了，他要單獨思考一些東西了。

瞎子離開後我問媽媽，這人怎麼會住在我們家？媽媽說這事一時半會兒說不清，你先吃飯吧，等吃完飯我們再說。媽媽不斷地為我夾菜，嘴上說等吃了飯我們再聊，卻在為我夾菜的過程中不停地詢問我在外面的情況，吃住得怎麼樣？生沒生過病？錢夠不夠用？有沒有打聽到你爸爸的消息？她為我夾的菜把碗都堆滿了還在下意識地往碗裡塞，問題在於桌子上一共有三個菜，她只逮著一樣死命地夾給我，惹得蒙古和小妹在一旁看著直樂。

吃完飯後我們一家四口坐在桌子前聊天，媽媽問我怎麼突然回來了？媽媽問話的時候，坐在一邊的蒙古顯得很緊張，可憐兮兮地看著我，生怕我供出他。我回答說，天熱了，衣服穿得太多，回來換點衣服。媽媽關心的是我能否繼續尋找之旅。她委婉

地問我，下面你還準備去哪些地方？我關心的則是瞎子，我問媽媽為什麼讓一個陌生人住在我們家？媽媽說這個瞎子伯伯是你爸爸的好朋友，他對我們家挺好的。我說不管怎麼說，你不應該把他留在家裡的。爸爸不在，家裡收留一個陌生男人，別人會怎麼看！媽媽說，他是你爸爸的朋友，沒關係的。而且他還會用銅錢算命，他能算出你爸爸在什麼地方的。我哼了一聲，那他算出來嗎？媽媽說這種事情特別費腦子，他每天只能算一點。不過進展還是很大的，前二天他已經確定你爸爸現在是在東北了。我說東北大了，他跟沒說一樣。他怎麼不說在中國啊！媽媽說他說再給他一段時間，他就能準確算出你爸爸在哪裡了，到那時他可以陪咱們一起去把你爸爸接回來。我說既然這樣，那我也不用再出去了，我在家等他一段時間好了。媽媽說這……這不大好吧！他算他的，我們自己還是應該努力找一找的。我說你既然不願放棄尋找，那說明你潛意識裡還是不相信瞎子的，既然不相信他就不要再把他留在家裡。媽媽說好了！好了！這事過二天再說。你也累了，洗洗早點睡吧！對蒙古說，你今天跟媽媽睡吧，讓你哥睡你的床。蒙古說我要和大林睡！媽媽說三個人怎麼睡得下？蒙古說我不管！媽媽：你怎麼這麼不省心呢！眼看著又要發火了。我趕忙將蒙古拽到一邊說，你今天先跟媽媽睡吧，過二天我把瞎子趕走後我們再一起睡。蒙古眼睛一亮，點點頭打水去了。

　　蒙古很快打來了一盆水，拿了一條毛巾給我讓我先洗。以前他總是和我搶著洗的。洗完臉蒙古又打了洗腳水，我不好意思了，對他說我們一起洗吧！他就坐下來和我一起洗。這時小妹已經在母親懷裡睡著了，媽媽抱著她進了房間。等媽媽離開後蒙古壓低聲音問我，大林，你說的是真的嗎？我一愣，什麼真的假

的？蒙古急了，你剛才說要把瞎子趕走的。我笑了。說當然。蒙古高興了，兩隻腳在盆裡使勁地玩水，嘩啦啦地，還用兩個腳趾夾我的腳。蒙古的腳趾特別靈活、有力，張開後像螃蟹的兩根前爪，任何東西一旦被它鉗住再想掙脫就難了，在這方面我吃過苦頭，所以他剛一動彈我下意識把腳避開了，蒙古也不著急，腳在水底一點一點地蠶食著我的地盤，並將我的腳一點一點地逼上了絕境，臉上還笑眯眯地，我的腳東躲西藏了一陣最終還是被他纏上了，他張開了鉗子一樣的腳趾，甜蜜地將我的一根腳趾控制住了，接著便欲用力，情急之下我奮力一躍，兩隻腳便從盆中抽出踩在了地板上。蒙古惱了，說你賴皮！腳不許離開盆的。我只好再將腳放進盆裡，我們倆的四隻腳在盆裡趣味橫生，直到媽媽出來才停下。媽媽罵蒙古，你哥在外面跑了這麼些日子，還不夠累嗎？讓你哥早點休息！蒙古不敢再鬧了，乖乖地把腳擦乾，進房間睡覺去了。我倒了洗腳水後進了自己的房間。瞎子還沒睡，我進來時他穿戴整齊地坐在床簷，懷裡抱著一根竹竿，一副隨時啟程離開的架式。我問這麼晚了怎麼還不睡？瞎子說你回來了，家裡睡不下了，我想我也應該走了。我說那你上哪兒呢？瞎子說我這樣的苦命人四海為家慣了，隨便在哪兒都能對付的。我說那也好。我們家裡心事不是心事的，就不留你了。瞎子沒料到我會有如此的反應，一愣，說那我先去向你媽媽告個別。起身就要向外走。我說太晚了，我媽媽已經睡了，我明天代你跟她說一聲好了！瞎子說那怎麼行。這麼多天大嫂挺照顧我的，我無論如何要當面向她道個謝！我冷冷地看著他說，你別演戲了，你轉什麼腦筋瞎子也看得出來。瞎子說我沒別的意思，我只想當面道個謝。我說你明知道我媽心腸軟，深更半夜的她忍心讓你走嗎？你如果

真的要走我現在就送你，要不就老老實實地再待一夜，等天亮我再送你出門。瞎子翻翻白眼不說話了。我說不早了，睡吧。脫了衣服鑽進了被窩。瞎子猶豫了一下，看看往下實在討不到什麼便宜也脫衣上了床。上床前把手中的竹竿緊緊靠在了床頭。

　　一夜無話。第二天一早我被一陣呻吟聲驚醒。起身一看原來是瞎子。他像個大蝦米似的伏身床上，腰弓得足有兩尺多高，整個人都變形了，嘴裡一個勁地呻吟。我問你怎麼了？哪裡不舒服？瞎子有氣無力地說，我肚子疼……得厲害，快送我去醫院。我嚇壞了，半天才反應過來，起緊跑出去，砰砰敲響了母親的房門。母親打開門看到是我很驚訝，問出什麼事了？我說瞎子病了，好像快要死了。母親啊地一聲，披上一件衣服和我一起進了小房間。一進房間我傻眼了，瞎子安靜地仰面躺著正睡得香甜，呼吸均勻，間或還起了鼾聲。母親就看我。我惱羞成怒走過去一把掀開了被子，你給我起來！瞎子醒了──做出一副被驚醒的模樣，睡眼惺忪地騰地坐起來，摸索著將床頭的竹竿抓在了手中，睜著一雙瞎眼朝外喊，誰？是誰？媽媽說是我們。瞎子說是大嫂啊，有事嗎？媽媽回答道，大林說你不舒服，我過來看看。問你沒事吧？瞎子說我挺好的呀！有什麼不對嗎？我忍不住張嘴罵了一句粗口，操你媽的！媽媽伸手抽了我一個嘴巴。我指著瞎子朝我媽媽喊，他是個騙子！是混蛋！媽媽說你給我閉嘴！向瞎子道歉。對不起！孩子不懂事！瞎子說大嫂你太客氣了！頓了頓，這些日子給你們添了很多麻煩，現在大林回來了，我也該走了。媽媽說你沒家沒口的上哪兒去？先在家裡住著吧！瞎子說不能再給大嫂你添麻煩了！媽媽說哪兒話，不說了，我要做早飯去了！一把擰住我的耳朵，把我從房間一路拖到廚房。你給我聽著，以後

不許欺負人家！我說是他欺負我……們！媽媽說人家眼睛都瞎了還能欺負你什麼？

瞎子

　　瞎子的眼睛渾白、茫然、因渾白茫然而孱弱無光，神情也因此空洞且渙散，這是一雙過了有效期的眼睛，它已經無力抗衡光線和時間為事物共同編織形成的遮掩，他看不到遮掩背後的事物，更無力細察事物表面下的紋理經緯，通常他更多的是靠感覺而非眼睛來感知世界，並隨之給出有利與否的判斷。寸步不離左右的一根竹竿成為他最為信賴的現實探測物，他以此敲打地面並樂於接受響聲對自己的現實指引。他信賴一根竹竿遠比信賴一個人更多。瞎子手中的竹竿的上部光滑鋥亮，那是被手掌長期摩挲的結果。現在我們可以相信是這根竹竿將他引進了我家，滴答滴答，竹竿敲打地面發出的響聲騙過了一家人針對整個世界佈置起來的防線。瞎子是恐怖的。他的突兀出現就已經證明了恐怖的特性。我們並不瞭解他來自哪裡，也不知道他的去向何方，更令人疑惑和擔憂的是他究竟準備在我們家待多久？他就像一根魚刺扎在我們家的咽喉部位，恐怖的是此前我們並沒有吃過魚，那麼這根魚刺從何而來？

　　家裡重新恢復到父親出走前的人數，五個。蒙古、小妹和媽媽和我都沒變，唯一的變化是「父親」。瞎子現在佔據了「父親」空下的位置，他在「父親」的位置上呼吸。讓我難過的是每天一早媽媽、蒙古、小妹三個人就出門了，他們以上班和上學的

藉口離開家，卻將瞎子留在了我身邊。每天從早到晚我和瞎子寸步不離地要待上九至十個小時。這好比是一根魚刺扎在你喉嚨中，你咽不下咳不出，呼吸一口喉嚨都疼。

命運將兩個相互敵視的人像蟋蟀一樣關在一起，事先卻並不徵求蟋蟀的意見。

我和瞎子每天都要睡到八、九點，等其他三個人離開家後才起來，然後吃一點母親為我們準備的早飯，多數是稀飯饅頭和小菜。吃完飯後瞎子就坐在桌子邊上捱時間，我呢或者看看書，或者曬曬太陽。一開始，瞎子還試圖和我聊聊天，希望我們倆能以語言相互慰藉這空曠的時間。這顯然是他一廂情願，自從那天早晨他使詐陷害了我一次之後我對他的厭惡已經成了生理性反應，他一跟我說話我就想嘔吐。我想我是一個狹隘的人，因為我對瞎子那一次的詐病事件始終耿耿於懷，儘管知道他這麼做也是出於生存需要——為了能在一個新的環境下爭取生存的機會，只有不擇手段地先取得此地領主的信任，否則他沒法在這個地方待下去的。事實上他的確成功地取得我媽媽的信任，後來我再說瞎子壞話，媽媽多數時候都不信了。一個星期天的上午母親在水池前淘米，我陪她說話。說著說著話題又落到瞎子身上。母親對我說，你不要對人家有成見，殘疾人已經夠可憐的了！我說他的殘疾又不是我們造成的，憑什麼賴在咱們家？而且你沒聽說過這麼一句話嗎？可憐之人必有可憎之處！媽媽被我說得一愣，沉吟了一會兒主動轉換話題說，你在家也有一些日子了，接下去有什麼打算？我說沒什麼打算。媽媽委婉地問，還準備出去找找你爸爸嗎？我說我不想出去。媽媽很不滿意我的回答，說你要是不準備找你爸爸那就回學校上學去。我說我也不想上學。媽媽就問那你

想幹什麼？我說我什麼都不想幹。媽媽就火了，扯著嗓門說你這麼大的人，整天閒在家裡！怎麼跟你爸一個德性！其實我不是不想去找爸爸，現在我比任何時候都盼望爸爸能回到家裡，不用他幹什麼，只要能在家裡時不時出現一下，讓家裡所有人能聞到他的呼吸就行……而且我漸漸有了一種不祥的預感，我並不擔心爸爸在外面會遇到不測，我相信他在某個地方依然存在於我們身處的光線之中，和我們一樣依然飲用著同一份時間，我相信他終究是要回來的，這一點我從不懷疑。我擔心的是當他有一天回來，家裡是否還有他的位置。我不知道自己的擔心到底對不對，因為這一份當心我寸步不離瞎子——我怕他把我的家偷走，為此我放棄了繼續外出尋找父親甚至重回學校，我只想守在家裡，把家守住，直到父親歸來。

每天瞎子都玩銅錢。他有六枚銅錢，沒事就拿出來在桌子上擺，有時一字排開，有時擺成一圈，然後收起來，兩手合著，嘩啦嘩啦搖上一陣，再嘩啦啦地擲於桌上，用手挨個摸著，嘴裡嘀嘀咕咕的。有一天我很無聊，站在他旁邊看了一會兒，問他，你整天擺這些玩藝有什麼意思？他翻了我一個白眼沒理我。我接著說，都說你算卦挺靈的，要不也給我算一卦吧！他問你要打聽什麼？我說你看看我今天會不會有什麼幸運的事情？瞎子把桌上的銅錢收起來，兩手合著搖了兩下，嘩啦啦擲在桌上。其中的一枚突然滾動起來，一直從桌子上滾到了地上，當地一聲落在地上不動了。我走過去要揀那枚銅錢，瞎子說你別動！我就沒動。他先伸手把落在桌上的五個銅錢挨個摸了一遍，然後問我，地上的是哪一面朝上。我移近看了一眼，「乾隆通寶」的一面朝上。瞎子點頭，掐著手指思忖良久，抬頭說，午後與你不利，恐與人有口

角之爭。我一愣，說你就胡扯吧！我今天不準備出門。哈哈一笑，睡覺去了。

一天無事。下午三點鐘左右小妹急匆匆跑了回來。惶急地喊，大林！大林！我正在屋裡看電視，聽到喊聲趕緊迎出來。小妹一把抓住我，快，蒙古被人打劫了！我說什麼？大白天的誰這麼大的膽子！隨著小妹跑了出去。

在離家不遠的巷口果然看到了蒙古。讓我哭笑不得的是攔截蒙古的居然是個女孩子。女孩子十三四歲的樣子，年齡比蒙古大不了多少，個子還沒蒙古高，瘦瘦小小的，半長的頭髮披散著，腦袋前面的一小撮頭髮滑稽地被紮成了一根沖天小辮，染成火一樣的顏色。女孩穿一條淺色牛仔褲。這麼大的女孩子出門都不知道要穿裙子，看來是個缺乏管教的主兒。眼前這麼一小丫頭片子居然打劫蒙古還是讓我覺得匪夷所思。在我逐漸靠近的當兒，發生了一件讓我更加目瞪口呆的事情。可能是蒙古不合作的態度惹惱了對方，女孩子突然伸手抽了蒙古一個耳光，蒙古居然捂著臉一聲沒吭。以前他可不是這樣。有一次四五個男生圍攻他，腦袋都打破了，依然掄著書包浴血奮戰不已。可這次面對一個紅毛丫頭卻綿羊般地任人宰割……我氣得差點沒笑起來。這個世道真讓我看不懂了。當那個女孩再次揚起胳膊準備抽蒙古時我趕到了，一把抓住她的胳膊。她掙了二掙，沒能掙脫，惱怒地說，你幹嗎？我說你小小年紀怎麼下手那麼狠毒啊！小女孩：管你屁事！他欠我的錢。我就看蒙古，蒙古搖頭。我沒好氣地說，你別搖頭，給我說清楚你到底欠不欠她的錢？蒙古小聲地嘟囔了一聲，我不欠！我就對紅髮女孩說，他不欠你的錢，你憑什麼打他？小女孩說我高興。我被她蠻不講理的態度惹火了，對蒙古說，她剛

才打了你一下，你把它打還了。小女孩柳眉一豎，瞪著蒙古，你敢！蒙古果然沒敢動，怯生生地對我說，大林，算了吧！我破口罵了一句，滾你媽的！你打不打？不打以後有事別找我！蒙古不吭聲，人也不動，甚至垂下了腦袋。小女孩在我的掌握下不停地掙扎，那一根沖天辮隨著她的掙扎幅度微微動彈，彷彿一舌火苗快樂地跳躍並燃燒。她掙扎了數次終究沒能掙脫我的掌控，最後急了，突然低頭在我的手上咬了一口。長這麼大我還沒被什麼人咬過呢，在她的牙齒觸及我手背皮膚上的一瞬間，我都傻了，腦袋一片空白，不知道究竟發生了什麼。被咬的感覺很陌生，潮濕並夾雜一絲暖意，且並不十分疼痛，有一種被螞蝗爬過皮膚的厭惡情緒從內心向身體蔓延。我一驚之下陡然抽回了手臂──將一直掌控著的小女孩放開了。小女孩退後兩步斜著身子站住了，神色怪異地看著我，神情中隱約著的一絲淺淺的嘲弄。我低頭掃了一眼手臂。手背上靠近虎口部位有一排淺顯地牙印。心頭火起，一步踏出，抬腿一腳側踹在小女孩臀部，小女孩騰騰地退了兩步，撲通坐到在地上哇地哭起來⋯⋯

回家路上蒙古數次想和我說話我都沒理睬。我這個弟弟今天太讓我失望了。

到了晚上這件事情被母親知道了。我事先忘了向小妹交待了──我著實被蒙古氣慘了。晚上媽媽回來後帶著小妹在廚房揀菜燒飯，蒙古像一隻甲殼蟲似的一聲不吭在客廳的桌子上做作業，瞎子坐在桌子邊上陪著他。媽媽忽然叫我，大林，你過來一下！我跑過去問，什麼事？你今天又打架了？我說沒有啊！媽媽伸出手指狠狠戳了我一下腦門，你怎麼這麼不懂事呢！你爸爸現在生死不明，弟弟妹妹又小，你還嫌我不夠操心！她的手指上沾滿青

菜的泥。我覺得她在動手戳我腦門之前應該先洗手。你說！今天究竟是怎麼回事？我說是外面一個女阿飛跟蒙古要錢。媽媽說跟蒙古要錢？蒙古哪來的錢？我說蒙古沒錢，是女阿飛找茬敲詐蒙古。媽媽說不管怎麼樣你都不該打人家。你整天遊手好閒的一點正經事不做也就罷了，還到處惹事生非的。這樣混哪天是個頭啊！突然想起什麼似的，我們單位正在搞基建，明天我去跟領導說說，看看能不能安排你到工地上去搬搬磚頭。我說我不去。媽媽說，那你就整天在家裡白吃白喝坐吃等死嗎？搬磚頭也不是你想去就能去的，很多大學生都搶著去呢！媽媽教訓我的聲音很大，惹得客廳裡的蒙古不住扭頭朝廚房裡張望，直到我狠狠瞪了他一眼他才重新把頭埋進桌面。

晚上睡覺前蒙古打好了洗腳水想讓我和他一起洗腳。我躺在客廳的沙發上看電視沒理他。他就拿著擦腳毛巾一直站在我身邊。我說今天我不洗腳了，你自己洗吧！蒙古也不動，安靜地站著。媽媽正好從房間裡出來拿東西，見此情景又數落起來。你看看你像什麼樣子！成老爺了，洗腳還要別人請呀！我只好站起來走到腳盆前坐下來脫鞋。蒙古趕緊搬了一張凳子坐到對面。我說你要洗我就不洗了，我不和有腳氣的人一起洗。蒙古可憐巴巴地看著我，不知該如何是好了。我把腳在水裡浸了一下就提將出來，拽過蒙古手中的毛巾潦草地擦了擦，站起身就往房間裡走。身後的蒙古壓著聲音突然喊了我一聲，大林！我有錢。我吃力轉過身，問你說什麼？他一把拽著我進了衛生間，關上衛生間的門，從口袋裡掏出了一張鈔票。借助暗淡的光線我看到是一張新版的伍拾元的人民幣。我抓過來看了一下，沒錯，的確是伍拾元。我問蒙古，你哪來的？蒙古說是瞎子給的。瞎子！他為什麼

給你錢？蒙古說他說他喜歡我。媽媽知道嗎？蒙古搖頭，瞎子讓我不要跟任何人說，包括媽媽。我想了一會兒，又問，他沒跟你提什麼要求？譬如為他做點什麼或者偷點什麼東西給他？蒙古搖頭，他就說喜歡我。還說等我放暑假了要帶我到外國去旅遊，以後還要給我買好多好多東西。我聽不懂了。一個瞎子莫名其妙地來到我們家，然後偷偷地塞錢給我弟弟，這事實在是怪異。我們家包括我在內一共有三個孩子，他幹嗎只給其中一個？見我不說話，蒙古討好地說。大林，我把錢送你吧！我的心突突地跳了起來。嘴裡問你捨得嗎？蒙古說捨得的。我說我才不要呢！你這邊把錢給我那邊立馬告訴媽媽。錢還沒捂熱就又被媽媽收了去。蒙古說我保證不說，我發誓！我說那好。我就先暫時代你收著，你如果要用隨時來拿。蒙古說我不用。如果真要買什麼瞎子會給我的。我說你他媽的以後不許再拿他的錢，他給你也不能拿！蒙古說好吧，我不要。

　　五十塊錢讓我和蒙古和好如初了。後來我問過蒙古，那天小女孩是不是知道你有錢才打劫你的？蒙古說我也不知道她是不是知道。我從沒和別人說過我有錢，但是還是有很多同學都知道我有五十塊錢。我說不管怎麼說你那天的表現可夠孬種的，給人家逼在牆角，連個屁都不敢放。蒙古臉紅了，說她爸爸是民兵營長，整個南京市區都歸他管。我說一個民兵營長而已，至於讓你這麼孬種嗎？蒙古說你不知道，他爸爸可厲害了，在大街上看誰不順眼抓起來就揍，經常把人揍得折胳膊斷腿的。我說你別胡扯，現在不是提倡文明執法嗎？他一個民兵營長真敢胡鬧，員警還能不管？蒙古說民兵和員警是一家，員警遇到難審的犯人都要先交給民兵們揍一頓。我問你都聽誰說的？蒙古：劉佳說的。我

問誰是劉佳？蒙古：就是那天搶我錢的女孩。我問他是你的同學？蒙古點頭，但是不在一個班。蒙古還說，劉佳可牛了，在學校裡沒人敢惹他。上次她和一個女同學打架吃了點虧，她爸爸派了兩個民兵把那個女同學從被窩裡抓起來關了一個多星期，那個女同學差點因為這事被學校開除。我沒再吭聲，心裡僥倖那天沒下狠手揍她，否則我沒準已經被關進民兵指揮部裡了。我對蒙古說，這人看來有點麻煩，以後你離她遠點。

蒙古倒是很聽話，後來見到火苗姑娘就繞著走，能避就避能讓就讓，不能避讓撒腿就跑。火苗卻不願輕易放過蒙古——現在的學校裡已經很難遇到一個身上裝著五十塊錢的學生了，像一隻餓極了的狼新發現了一頭綿羊，如何甘心錯過機會。她尋找一切機會堵截蒙古。別看她小小年紀卻能耐非常，無論蒙古如何躲藏避讓，她總能在最恰當的時機出現。她對蒙古軟硬兼施，一旦被她堵截，蒙古就慘了，不是被扇耳光——她似乎對扇蒙古耳光有一種病態的嗜好——就是抓頭髮，偶爾還會改變花樣，在某個黃昏的巷口抓著蒙古的手柔情似水說她愛蒙古，要和蒙古談戀愛什麼什麼的，蒙古忽兒被拋上高空，忽兒落入深淵，人被折騰得都有點瘋瘋癲癲的了，他唯一能想到的辦法就是來向我求助。問題是紅頭髮女孩並不傻，她不會死守在某個地方等著我去踹他屁股的。經常是等我氣喘吁吁地趕到某個地點時，紅頭髮早就聞訊而逃。直到此時紅頭髮還不知道蒙古身上的五十塊錢其實已經被我搜刮走了，一根筋地追著蒙古討要，那張鈔票因為她的堅持不懈地追討幾乎超出了本來的面值；而受此脅迫的蒙古因壓力不住變大，感覺中那張鈔票已經遠遠超出了本來的面值——在這點上他與紅頭髮少女的感受相近。他後來甚至央求我說，大林，要不我

們把錢給她吧！對此我斷然拒絕。我對蒙古說，我們絕不能向邪惡勢力低頭！真實的原因是我不願意把到手的錢再交出去。我是窮人的孩子，窮人的孩子對錢都有著深厚的階級感情的。我對蒙古拍著胸脯保證，有我在她不敢把你怎麼樣的！可蒙古還是心有餘悸，他隱隱感到不妙了，但是自己卻無力改變什麼，一方面無法有效地躲避和阻止紅頭髮少女對他的步步緊逼，另一方面也沒力量將已經落入我腰包的鈔票要回去。我想他這時一定在想如果爸爸在身邊就好了。

他這時想爸爸了嗎？

下午放學時分，夕陽西垂的黃昏下，少年蒙古再一次被紅頭髮少女堵截了。地點是在離我們家不遠的一個公共小便池旁邊。蒙古拐過了巷口，看見小便池時有當無地站到臺階上撒了一泡尿。小便池臨牆的一面尿垢深厚，黃黃的散著一股酸騷味。蒙古撒完尿後，尿器卻無端地硬了。他感到奇怪，低頭看了看，強硬地將它塞到褲襠中去了，然後轉身準備離開。一轉身便愣住了。身後不知何時出現了一個人，正冷冷地看著他，腦袋上的一撮紅頭髮如一舌火苗燃燒，夕陽的光線下那渾然的火光。紅頭髮看看蒙古，一笑，蒙古的臉就白了。紅頭髮問你幹嗎總躲我呀？蒙古說我沒……人影突閃啪地一聲蒙古挨了一巴掌。蒙古捂著臉惡毒地盯著對方。紅頭髮：你看什麼？反手又給了蒙古一下。蒙古急了，多日來遭受的屈辱瞬間爆發了。他一低頭朝著紅頭髮疾衝而去，紅頭髮還沒明白是怎麼一回事，蒙古已經一頭撞在她的肚子上。撞得她嗯地一聲，仰面倒了下去。蒙古一不做二不休，騎到她身上，左手抓著她頭上的那一撮紅頭髮，將腦袋死死按住，右手朝著她的臉劈里啪啦一頓亂抽，紅頭髮的腦袋撥浪鼓似的左右

避讓……

　　這時恰逢小妹放學路過，看見蒙古像瘋了似的在打人她就喊，蒙古！你怎麼又打架了！蒙古沒理她繼續抽著紅頭髮耳光，神情猙獰，下手又重又狠，彷彿要把以前被扇的耳光以一比十或者一比二十的比例補回來。小妹見蒙古不理她就跑上前拽蒙古，想把他拉開，卻被蒙古大喝一聲，滾！胳膊一抖把小妹揉了個趔趄。小妹愣了一下，跺了一下腳，我告訴媽媽去！

　　媽媽還沒下班，家裡只有我和瞎子兩個人。我中午睡了一個午覺，起來後忽然有點想爸爸，就坐在沙發上發呆。瞎子坐在飯桌前擺弄著銅錢，一枚一枚地在桌子上擺放好，又一枚一枚地收起，其間並不發出響聲。我對他說，你能替我爸爸算一卦嗎？瞎子猶豫了一下。問你想知道什麼？我說你算算這會兒我爸爸在哪裡？在幹什麼？瞎子將六枚銅錢收集起來，合在手上哐當哐當地搖了數下嘩啦一聲撒在桌子上，挨個摸索了一遍說，你爸爸現在被困在一個地方。我問是什麼地方？瞎子說是一個黑乎乎的屋子，眨巴兩下瞎眼說，你爸爸在等你去救他。我問，他有危險嗎？我怎麼才能救他？小妹一頭闖進來，大林！大林！蒙古又和人打架了！我說和誰？小妹說和那個女的。我起身拽著小妹跑了出去。

　　趕到現場時我被蒙古玩命的架式嚇了一跳。以前不是沒見過蒙古玩命，但是絕對沒見過像今天這麼玩命的。他在用一隻鞋底狠狠抽著紅頭髮——或許他手抽疼了而改用鞋底的，紅頭髮已經被抽得不成樣子了，臉上血跡斑斑。周圍圍著一群看熱鬧的人，蒙古每抽一下他們就喊一聲好，惟恐天下不亂似的。我跑過去一把把蒙古拎起來，蒙古掙扎著舉著鞋底還要抽，我一把把他揉出

去老遠。他不甘心，將手中的鞋子狠狠地砸向了紅頭髮……我把紅頭髮扶起來。紅頭髮的整個臉已經腫成了麵包狀，一隻鼻孔隨著呼吸一下一下地冒著血泡，人都被揍傻了，癡癡地站著。我說你沒事吧？要不要去醫院看看？她哇地哭了，揀起落在地上的那隻鞋子，咧著嘴嗚啦嗚啦地走了。蒙古騰身要追，被我一把拽住了。你還嫌不夠嗎？蒙古一邊掙扎一邊喊，那是我的鞋子！我的鞋子！我低頭一看，果然他是光著一隻腳的。紅頭髮不知是否聽見蒙古叫喊，拎著一隻哭泣的鞋子走遠了……

　　我提著蒙古的一隻耳朵回到家，一路上蒙古都歪著腦袋──耳朵就著我的手。回到家我鬆開手對他說，趕快收拾一下，媽媽快回來了。瞎子坐在桌子前古怪地朝我們的方向打量，暗淡渾然的瞎眼中生出一抹光彩，我狠狠地瞪了他一眼他才把腦袋轉過去。我懷疑這一雙瞎眼裡另有古怪，但是這時也沒時間細究這事了。我把小妹叫到一邊叮囑她，晚上媽媽回來千萬別說蒙古打人的事情。一回頭看見蒙古還傻站著，還傻站著幹什麼？媽媽一會兒就回來了！蒙古看著我說，我害怕！我問你怕什麼？蒙古說他們會抓我的。我知道蒙古擔心什麼了。安慰他說，你別瞎擔心，趕快收拾一下，再找一雙鞋換上，否則等媽媽回來看見你就慘了。蒙古垂頭喪氣地進了房間。瞎子問，出了什麼事？我說沒什麼事？蒙古在路上摔了一跤，丟了一隻鞋。瞎子沒再說什麼，隔了一會兒問我，你還要給你爸爸算卦嗎？我說等會兒再說吧！

　　門口突然響起一片嘈雜之聲，有人在喊，這裡，就是這裡。我跑到門口一看，是三個挎著自動步槍的傢伙，三個人身上都綁著武裝帶。看見我三個人同時將槍對準了我。蒙古這時已經換好了鞋子，跟著走到門邊想看個究竟，一看見這三個人他的臉一下

白了。你們倆誰是趙蒙古？三個人當中的一個厲聲喝問。我大喊一聲快跑！愣怔著的蒙古頓時醒悟，從我的胳肢下撒腿竄了出去，那三個傢伙齊聲喊了一聲追！返身欲追。我騰身疾撲，伸出胳膊一手一個抱住了其中的兩個人的各一條腿，兩個人被迫停下來，而另外一個追著蒙古的跑了下去，等發現自己的兩個夥伴被拽住了腿腳又返身跑回來，不由分說操起槍托砸了我一下，被我抱住腿的兩個傢伙則用他們另外一條腿輪番地踹我，但是終究不能讓我鬆手，最後三個人中的一個用槍托狠狠砸了一下我的腦袋，一道熱乎乎的液體流下腦袋，粘乎乎的，流過鼻翼一側時我聞到一股腥味，緊抱兩條腿的手自然就鬆開了。這一耽擱蒙古已經跑得沒影了，小妹站在門口哇哇大哭。三個惱羞成怒的民兵又輪番砸了我數下，每砸我一下小妹的哭聲就會激越一分。一個小頭目模樣的民兵吩咐道，把這個銬起來帶走！另外兩個人合力把我兩條胳膊反背在身後，卡嚓銬上了。三個人把我拽起來推搡著要把我帶走，小妹的哭聲愈發淒厲了。這時一陣竹竿敲擊地面的聲音響起，瞎子出現在門口。他伸出一隻手輕輕拍了拍小妹的頭，睜著暗淡的瞎眼朝著我們的方向，請問三位是幹什麼的？為什麼要抓人？民兵甲說，你是誰？瞎子說我是這家人的親戚。民兵說沒你的事，一邊待著去！瞎子說他們還是孩子，你們有什麼事情跟我說，別難為孩子！民兵乙：你算什麼東西！民兵丙對同伴說，別跟他囉唆，我們走。推著我就要走。瞎子哆嗦著聲音喊道，不許走！三個民兵互看了一眼，笑了。其中的一個說，老東西你想怎麼樣？瞎子說有什麼事衝著我來，別難為孩子！民兵說我們就想難為他你能怎麼樣？瞎子將竹竿在地上篤篤地搗了兩下，除非你們把我也抓走，否則別想離開！

　　瞎子的態度讓我疑惑了。在潛意識中我一直是將他視為敵人的——我們家的敵人，此前在我和他之間發生種種事端和爭執也證明了這一點。這一點如果判斷沒錯那麼他此時的表現就很讓人費解……

　　瞎子的話顯然惹惱了那三個傢伙。民兵甲說我們是在執行公務，我勸你識相點！瞎子：你別嚇唬我，還是那句話，除非你們把我也抓走，否則別想離開！民兵甲說那還不容易，對另外兩個同夥道，把他銬上一起帶走！兩個傢伙搶上前來一邊一個把瞎子按住，由其中的一個掏出手銬將瞎子銬上了。整個過程瞎子沒有絲毫的反抗，很情願被捕似的。

　　我們兩個就這樣被帶走了，門口只留下哭泣的小妹和越走越低的黃昏。

　　關我和瞎子的屋子本來就小，中間還用鐵柵欄隔了一道。柵欄裡是牢房，柵欄外則空著，或許是為了方便給犯人們送吃的吧。牢房像個籠子，屋子裡沒有窗戶，門一關起來就黑乎乎的了。籠子裡只有一張三條腿的椅子，這是我和瞎子兩個人的最優惠待遇，但是三條腿的椅子顯然是不能坐人的，只能靠著牆壁放著，以此保持站立的姿勢。靠近牆拐角的地上鋪了一張髒兮兮的席子，我和瞎子整天整夜地在這張席子上捱時間，睏了就躺在上面睡覺，醒了就坐起來聊天。因為空間的局限——狹小的空間促使人們團結——也因為瞎子甘願陪我坐牢的義舉，我們之間的敵意稀釋了許多，不僅如此，某種情感或命運還將兩個人緊密地連繫和捆綁在了一起，如果這時候兩個人當中的另外一個人突然死了，另外一個人也一定會追隨著前一個人而去的。

我問瞎子，民兵抓我的時候你為什麼要出頭？還陪著我一塊坐牢？這事本來和你沒關係啊！瞎子的頭靠在牆上反問，你覺得是什麼原因？我說我不知道。瞎子問你想知道原因嗎？我點點頭，是的，我想知道。瞎子古怪地笑了。說我們雖然不是朋友，但是卻可能是父子。我一愣，說開什麼玩笑！瞎子：這不是開玩笑，我說的是真的。我說你眼瞎心也瞎嗎？我有爸爸的。瞎子古怪地咯地一聲，將滾到嘴邊的話又咽了回去。你想說什麼？瞎子說你知道你爸爸現在在哪裡嗎？我問你知道？瞎子點頭，他在我家裡。瞎子的樣子不像開玩笑。我說他好好的家不要跑你哪兒去幹嗎？有病啊！瞎子稍一沉吟，二個月前你爸爸去我們那裡賭了一場牌，結果他輸了。我說那也沒必要住在你那裡。瞎子：不是他願意住在我那裡，是因為賭注的原因。我問你們的賭注是什麼？瞎子：他的一個兒子。兒子！什麼意思？瞎子說事前我們定的賭注就是他如果輸了就要給我一個兒子。我說他的兒子？我？瞎子搖頭，我們當時說的是你弟弟，蒙古。

　　我無法真實地再現當時場景，只能憑想像虛構當時的情境—— 一處低矮昏暗的小屋，門和窗戶用被子或者床單遮掩，桌子前坐著一個戴著帽子的男人和一個瞎子，昏暗的燈光下兩個人的神色凝重，兩張骨牌下倒扣著命運的點數，翻開底牌，命運就會像一枚手雷引爆，轟——！一個家將被炸出一個窟窿，一個家將被炸得四分五裂，一個人將被炸得面目全非……

　　那枚手雷在翻開底牌的一剎那爆炸了，最先傷及的人註定是父親，翻開底牌的一剎那父親的臉色一下子漲得血紅，全身顫抖不已……父親就這樣輕易地將蒙古輸給了瞎子，但是在兌現賭注時他和瞎子犯難了。畢竟蒙古不是嬰兒了，無論將他抱給誰他自

己都不會有意見，他現在是個大活人了，不可能像一枚硬幣似的輕易地易手。兩個人商量了好多天，最後決定先讓瞎子進駐我們家，伺機與蒙古聯絡聯絡感情，等相互間有了一定的感情基礎後再由父親出面讓瞎子把蒙古帶走，在此期間父親則作為抵押自願留在瞎子的那裡，直到瞎子把蒙古領到手為止。這就是瞎子突然出現在我們家裡的原因。

瞎子進入我們家之後的確是把蒙古當作未來的兒子來進行感情上籠絡的，除了經常私下裡塞錢給蒙古外還時不時領他出去吃飯什麼的，這些都是在暗中進行的，全家除了當事者雙方沒一個人知道，瞎子也沒跟蒙古明說原委，蒙古更是不疑有他，還真以為自己天生就討人喜歡呢！但是後來瞎子卻放棄了蒙古選擇了我。瞎子是從什麼時候開始琢磨起我的我不知道，對此瞎子的解釋是蒙古年齡太小，對家有很強的依賴感，他沒把握讓蒙古死心塌地跟他走。我說你都不能保證蒙古，又如何能保證我一定會跟著你？瞎子說這一點我同樣不能保證，但是我知道一旦你答應跟著我，無論以後發生什麼都不會改變的。我說你這麼肯定？瞎子說我不知道自己的判斷對不對，但是你在那三個民兵面前能捨身救蒙古就說明你這孩子義氣，只要你答應的事情就不會變卦的。我說做你媽的春秋大夢吧！老子生是趙家的人，死是趙家的鬼！

我不再理他，一句話都不願跟他說，心裡有一腔怒火在燃燒，一部分是針對瞎子，另一部分則是針對我的父親。誰能想到呢？我的親爹竟然把自己的兒子當作賭注放上了賭桌，更為關鍵的是還賭輸了，他把自己的兒子輸給了一個瞎子，天下如何會有這樣的父親？

這個星期對於我而言是暗淡的，民兵們一沒事就把我提出去

審訊。所謂的審訊就是找茬揍我一頓。那天一個滿臉疙瘩的民兵把我領進一間審訊室，審訊室裡還有兩個民兵，看到我進來那兩個民兵臉上笑眯眯的。進門後一臉疙瘩的民兵抬腿踢了我一腳，蹲下！我說你怎麼打人？要文明執法！話一出口，旁邊兩個民兵哈哈笑了起來。疙瘩民兵一開始還裝模作樣地審問了我兩句，你知道自己為什麼被抓進來嗎？我說我不知道。疙瘩說，你不知道？你自己犯了什麼事情會不知道？轉臉朝另外兩個民兵看。那兩個便從座位站起來，臉上依然笑眯眯的。其中一個從牆上摘下一件黃軍大衣，另外一個則操起了一根橡皮棍。我還在納悶，天這麼熱了他們幹嗎要穿大衣啊？眼前一黑腦袋就被大衣蒙上了，接著腦袋就被嘭嘭嘭地一陣亂揍，擂鼓似的，不用說用來充當鼓槌的肯定是那根橡皮警棍。因為是橡皮棍，加上還有軍大衣裹著，挨揍的腦袋一開始並不感覺到疼，就是覺得腦袋發脹發蒙，裡面則跟地震似的。每揍一下這份腫脹感就加重一份。我試圖掙扎，但是身體被一個民兵死死控制了……等到他們住了手，抽開軍大衣，地震停止了，腦袋裡卻生出個軸承——一隻劇烈地轉動的軸承，刷刷刷地，轉得腦袋一陣陣暈眩，整個人搖搖晃晃地都站不住腳了，只能順應著軸承轉動的方向原地轉起了圈子，一圈一圈地。我的表現出乎民兵們的預料，他們集體愣了半晌才哈哈大笑，滿臉疙瘩的傢伙更是笑得癱坐在了椅子上了，怎麼這樣？怎麼會這樣？哈哈哈哈哈……

　　我就是從這兒開始落下了原地轉圈的毛病。我至今也說不清是自己身體本來就有毛病還是因為受了父親的刺激，或者是因為挨揍本身導致的結果。反正我從此落下了這個毛病，一旦精神受到刺激人立刻就瘋瘋顛顛打轉兒。打轉兒的事例不勝枚舉，不怕

丟人，這裡我可以說上一二件。二十歲的時候我喜歡上了一個女孩，相處了一陣她突然毫無徵兆地提出分手。當時是在一家四星級酒店的咖啡廳，之所以選擇這裡約會本意是想製造浪漫的，可坐下沒說上兩句話她突然說，大林，我覺得我們倆不大合適，還是趁早分手吧！我當時腦袋嗡地一聲就大了。我對她說我去一下衛生間，捂著腦袋就往洗手間跑，但是晚了，剛一邁步人十分嫻熟地原地轉了個圈子，往前沒走兩步又轉了一個圈，惹的大廳裡的一干客人和服務員極感詫異，我的女朋友更是失聲尖叫……

　　相對我而言瞎子顯得很有生存經驗。民兵們審過他三次，但是一次也沒揍他，他出去時什麼樣回來還是什麼樣，一根頭髮都不掉；提他的時候民兵們兇神惡煞一般，送他回來時卻畢恭畢敬的。一開始我還納悶，問他這些傢伙怎麼如此地前倨後恭？瞎子微笑不語，後來才知道問題的關鍵是錢。瞎子不是直接給民兵塞錢，而是民兵一提他出去，他就託民兵去買煙。買來的煙當然最後都進了民兵的口袋。我就對瞎子說，你怎麼只顧自己啊！你就不能為我買點煙送送他們！瞎子說，為你？你是我什麼人啊？我說不為別的，就衝我們是一塊來的。瞎子：一塊進來並不說明什麼。腦袋靠在牆壁上閉上了眼睛，過了一會兒他的眼睛忽然又睜開了，對我說其實你如果不想吃苦頭很容易的，別說這個，就算把你弄出去也不費什麼事。我說你就吹吧！你如果真有這能耐自己還不早出去了，還會待在這兒遭罪。瞎子說我是陪你進來的，你一天不出去我一天就陪著你。我說這地方我一秒鐘都不願多待，你如果有辦法讓我出去我馬上就走！瞎子：這可是有條件的。我一笑，那就算了。

　　第二天我再次遭受了一次酷刑。還是那三個民兵，一件軍大

衣裹著我的頭，另外兩個民兵手執橡皮警棍照我的腦袋猛擊。這一次他們下手較以往都重，時間也更長，事後我足足在轉了近二十分鐘，一回到牢房就吐了，把胃裡的湯湯水水全吐了個乾淨，像一條死狗一樣癱在地上邊吐邊喘氣。瞎子冷冷地看著，突然揚起手中的竹竿敲打起鐵門，砰砰砰地。一個警衛跑進來，幹什麼？找死啊！瞎子說我要見你們的指揮官有重要事情。警衛看看他，說你等著。過了一會兒回來把瞎子帶走了。

　　從看守所裡出來是晚上七點多了。直到今天我也不知道瞎子是用什麼辦法讓民兵放了我們。我後來問過他，他也沒說。

　　那天晚上我和他在大街上站了很久，瞎子後來說，你回去吧！我問你不和我回去？瞎子：我要回自己家了。我吞吞吐吐地問他，那……那我爸爸……瞎子說，你們一家人都挺好……放心吧，我一回去就讓你爸爸回來。你也不要他兒子了？瞎子摸了我一下腦袋，快回去吧！代我謝謝你媽媽，謝謝她這一段時間的照顧。轉身敲打起竹竿走了。我喊了一聲等等！他停下來，我問我能和你一起回去嗎？咽了一口唾沫，我想去接我爸爸。瞎子掙著一雙瞎眼看了我好一會兒，笑了。你這孩子人小鬼大，怕我不放人？

　　我們直接打了一輛計程車去了K城。三個小時後在K城的一間小屋子裡我見到父親。我們進屋時父親正躺在客廳的沙發上看書，屁股旁邊放著一頂帽子。看見我父親騰地站了起來，大林！你怎麼來了？我站在門口，離他遠遠的，眼前這個男人就是我的父親？我四處尋找的父親？我的心跳那一瞬間快得像電打的似的，嘭嘭嘭地。爸爸轉臉問瞎子，怎麼回事？不是說好蒙古的嗎？瞎子沒理他，輕車熟路地走到客廳中間的餐桌前，拉開一張

椅子坐下來，雙手抱著竹竿說，大林是來接你的。父親疑惑起來，扭頭看我，想從我這裡尋求答案。我面對著他詢問一聲不吭。眼前的這個男人是我父親嗎？就是那個戴著帽子，走在街上帽簷壓得很低，左手習慣性地斜插在褲兜裡，右手夾著一根香煙，看人時下巴揚得高高的男人嗎？見我始終不吭聲，父親又轉臉向瞎子，這到底什麼意思？瞎子說，沒意思，你現在可以走了，可以回家了。父親問，那蒙古……瞎子一揮手，我們兩清了。父親似乎不敢相信，問我可以走了？瞎子點頭。父親看看我再問他，和大林一塊走？瞎子再次點頭予以確認。父親突然激動起來，下意識彎腰從沙發上順手抓起了那本書。他緊緊攢著書對我說，大林，我們走吧！

　　我看見那本書的封面了，是一本《歷代笑話集》。這真是一個笑話。一個賭徒把自己的兒子輸給了別人，自己卻在看「笑話」。再扭頭看一眼瞎子，瞎子抱著竹竿靜靜地坐在餐桌旁，眼睛半睜不閉的，從他的臉上閱讀不到任何確切內容，不失望也不喜悅甚至沒有一絲倦怠。這張臉的背後是一顆冷漠的靈魂嗎？

　　我幾乎是在一瞬間作出了一個瘋狂的決定。我對父親說，我不和你一起走了，我要在這裡住一陣……

　　瞎子呼地站了起來。大林，你……！

　　父親當天晚上就走了，同時帶走了那本《歷代笑話集》，而那頂帽子卻被遺留在了沙發上。他可能是把那本書錯當成自己的帽子了。我後來一沒事就拿那頂帽子玩。我把帽子扣在腦袋上，把帽簷壓的很低，下巴則抬得很高，每當這時，眼前再熟悉的景物也會變得陌生……

賣鬼記

戲仿《聊齋志異》

男孩上個月剛過了十四歲生日，生日過後便發現有什麼不對勁了，自己的身體裡無端滋生出了一些新的情緒，陌生且熱烈，革命似的在他的體內呼號遊行東奔西突，攪得他總想貼著某個人的耳朵怪叫一聲然後跑開。他懷疑自己病了，得了某種不知名的隱秘病症。一天在熟睡中，他夢見自己在飛，整個人寄身於一片雲朵之上，緩緩地上升，身體被一層淺薄的愉悅包裹，一股電流掠過靈魂，一絲激烈的快感挾著略微的一絲疼痛從身體中某個部位射出，下身一熱一涼，男孩醒了，騰地坐起來，嚇得大叫起來，爸，爸。房間裡除了自己的聲音再沒有其他的響聲；爸爸三天前出門去了，家裡除了自己沒有第二個人，這意味著對於他這一原因不明身體遭遇暫時得不到解釋了。如果這是一種病，自己會不會因此而死掉？等爸爸回來，或許自己已經變成一具鬼了。

一縷陽光順著窗戶照進了房間，鮮嫩且夾雜著一絲潮濕的意象，牆上掛鐘的時針正指向七點。按正常的時間刻度，男孩此時應該出門上學了，再晚就要遲到了，但是他卻因為身體的不明遭遇而對今天是否應該去上學猶豫不決，萬一在課堂上身體再出問題那麻煩就大了，出於這種擔心他決定今天不去上學了。

男孩餓了。家裡還有一點剩飯，他進了廚房用開水泡了泡吃

起來，下飯菜是一枚鹹鴨蛋。看到鹹鴨蛋男孩笑了。他想起小時候的某一天，父親一本正經地告訴他，鹹鴨蛋是鹽水鴨下的蛋，而鹹鴨蛋也可以被孵化成鹽水鴨。很長一段時期內男孩對此深信不疑——他太信任父親了。

男孩從八歲就跟著父親生活了。在大多數人眼裡父親是個聰明人，對生活反應迅捷，善於捕捉與把握時機逢迎造化，對日常事物與事件具有似是而非的變異和處理能力。父親原先是一個單位小職員，後來因為不滿現狀辭職下海經商。剛下海的那一陣他像一隻饑餓的螞蟻，整天夾著一個公事包招搖過市，每遇到一個熟人就問對方是否需要鋼材、水泥、尿素等等；他的公事包裡最多時裝了七八個公章，據說還都是真的。

父親是個聰明人，要命的是他自己深知這一點。人一旦獲知自己的聰明，便會產生某種幻覺，甚至自我迷信，以為憑藉一己之力可以掌控並左右整個世界，面對生活時往往顯得不夠誠實。多年來，父親憑藉對生活非同尋常的嗅覺總能瞬間找到財富的聚集點，並能迅速將自己置於與金錢交互的關聯中。但是因為他的不誠實，生活對他的報復也從沒停止，你甚至可以將這種報復理解為生活對一個人的捉弄。有一陣父親在股市中的資金達到十七萬時，他將大部分資金抽出來買了一輛轎車。當父親把車子開回家時，整個社區都轟動了，瞬間便圍上了一群鄰居，嘰嘰喳喳說著恭維的話，這讓父親十分受用。現在想起來男孩的內心依然澎湃不已。那輛轎車的意外出現為一家人帶來了一份巨大的欣喜，但是這一份欣喜只在生活的表面漂浮了兩個星期，便在一個猝不及防的黃昏被父親轉手賣掉了。當初花了十多萬買的新車，兩個星期後的一個黃昏下只賣出了六萬多；買家是一個留著小鬍子的

男人，那天他圍著車子看了一圈，喜笑顏開地將車子開走了。

再後來父親捨棄了股票和字畫收藏這一類曾經為他帶來無尚榮譽的掙錢方式，將發財致富的夢想寄託在了一種虛無縹緲的事物上——鬼。鬼是繼股票和字畫收藏之後形成的新一輪的市場財富熱點，其中女鬼的行情優於男鬼，一頭品質優良的女鬼的市場價值遠遠超過一幅林散之真跡。父親於是順勢而動迅速轉行，將全部精力轉到捉鬼上來了。但是這一次的轉行卻沒有以往那般順利了，開始的兩個多月得手的盡是一些小鬼和老鬼，有一次父親還無聊地捉回了兩個醉鬼，兩個醉鬼每頓都要喝酒，孬酒還不喝，一喝起酒就相互鬥嘴，一個醉鬼拿起一個手電筒朝上打出一道燈柱，想讓另外一個醉鬼順著燈柱爬到天花板上去，另外一個不幹，說你當我傻啊，等我爬到中途，你把手電筒一滅我還不摔下來呀！

兩個醉鬼在家裡待了三天，三天後父親實在忍受不了了，狠狠心把他們倆趕走了。

這一次教訓讓父親不得不重新修訂了自己的計畫，他後來採取的是寧缺勿濫的策略，沒有把握絕不輕易出手，捉不到好的也絕不要差的。兩個月後他捕捉到了一頭女鬼的資訊，當天夜裡舉著一根蠟燭出門去了……

爸爸一走就是三天，三天裡音訊全無，以此推斷他的計畫進展似乎不大順利。男孩準備等吃完飯後給爸爸打個電話。他想讓爸爸早點回來。與發財夢相比，他更擔心自己的身體是不是有什麼問題，如果爸爸在身邊他會放心點。

正當男孩一邊吃飯一邊胡思亂想著時，門砰地一聲被撞開了。父親扛著一個大袋子闖了進來。父親面色倦怠但是精神矍

鑠。他放下袋子，扯著袋口對男孩道，快過來看看！

男孩提著筷子走過去往袋子裡一探腦袋，袋子裡蜷縮著一頭女鬼。女鬼很年輕，二十歲左右，看見男孩極不友好地瞪了他一眼，還撇了一下嘴；女鬼的嘴巴小巧，嘴唇圓潤飽滿。這是一頭漂亮的女鬼。

你從哪兒弄來的？男孩好奇地問父親。

父親說這事等會兒再說，我要先打幾個電話，得趕緊把她賣出去。這可是錢啊！

男孩：會有人買嗎？

父親哈哈一笑，沒人買我費那麼大勁折騰幹嗎？告訴你不僅有人買，而且會非常搶手。對男孩，你看著她點，我先打電話。

男孩咬著筷子守在袋子前，好奇地打量著女鬼。女鬼穿一件黑色連衣裙，衣裙髒兮兮的，領口後側已經破了，一截布條耷拉著，暴露頸部下方的一塊雪白的肌膚。見男孩目不轉睛地盯著自己，女鬼沒好氣地翻了他一眼，看什麼看？沒見過美女嗎？

男孩嚇了一跳，轉身朝父親喊，爸，她會說話。

父親見怪不怪地說，她又不是啞巴，當然會說話。

父親撥通了電話，抓起話筒說老王啊，最近忙什麼呢？寒暄了兩句後迅速切入正題，老王啊，我這兒有一頭鬼你要不要？那邊的回答似乎不令人滿意，父親就說，那好，那好。掛了電話。

父親的第二個電話打給了一個瞎子，男孩認識這個瞎子。他是父親多年的朋友，他有一個奇怪的姓氏，皇甫，男孩平時稱他為皇甫伯伯。瞎子沒料到爸爸會向他兜售一頭鬼，電話裡表現得不大積極，爸爸鼓動唇舌拚命誇這頭女鬼如何漂亮、年輕，身材又如何如何地曼妙，把一頭鬼渲染得天花亂墜的。

瞎子不為所動，可能在電話裡說了一句，我又不找老婆，不要，不要。

爸爸眼睛一轉轉換說辭道，你一個人過日子，有個鬼在身邊陪著說說話也可以為你解除寂寞對不對？再說這個女鬼勤快能幹，燒飯、打掃衛生各種家務樣樣拿手。你年齡越來越大，有個鬼在身邊照顧一下總是好的，權當請個保姆的！

這一番話似乎對瞎子起了作用，轉念一想又覺不對，既然她那麼好，你為什麼不自己留著？

父親道，不瞞你說，我前一陣做紅木木材贏了一大筆錢，兒子最近要上中學了，我準備花一筆錢給他擇個好點的學校，加上平時的花費開銷，手頭著實緊了點，如果不是因為這些，你花再多的錢我也不會賣的。

電話裡的瞎子還是不願立刻掏錢，只答應考慮一下，讓父親過兩天再跟他聯繫。父親放下電話後氣得惡狠狠地罵了一句粗話。他沒料到被自己寄予厚望的一頭女鬼的市場銷路竟如此不暢。客廳裡的掛鐘開始報時，時針正指向8點。爸爸反應過來，問男孩，你怎麼沒去上學？

男孩說我不舒服，請了一天假。

父親關心地問，怎麼了？

男孩說，現在已經好了。

父親不放心地問，要不要去醫院看看？

男孩說真的已經好了，沒事了。

父親略一沉吟，說既然沒事，你帶著鬼去皂河走一趟吧，看看能不能把她賣了。

男孩說你不是正在聯繫買家嗎？

父親說這些傢伙看來不大識貨，根本不瞭解一頭鬼在現實中的價值，靠電話推銷看來有點難度，咱們要兩條腿走路，你去皂河試試運氣，我在家再打幾個電話聯繫一下別的買家。

男孩說那你給我點錢吧。

父親問你要錢幹嗎？

男孩說我得打個車，要不怎麼把鬼帶到皂河？

父親說不用打車，鬼很輕的。你試試就知道了。

男孩走過去伸手提了一下袋子，一把將袋子提了老高。果然沒多少重量，彷彿只一袋子空氣。

爸爸叮囑男孩，這個鬼詭計多端，你路上小心點，別讓她跑了。

男孩提著鬼上路了。皂河距他們住的地方約十里地，是這一地區最大的一處自由交易市場。通往皂河的路有兩條，一條是新修的大路，路面寬闊敞亮，人來車往熱鬧非常；小路則是純粹的土路，因為被廢棄久了，路面坑窪不平，已無車輛通行。兩條路相比走大路要比走小路遠三分之一的距離，男孩理所當然地選擇了稍近的小路。小路上沒什麼人，清晨的陽光在樹蔭間晃動，一陣微風吹過，碎片似的陽光便沙沙作響，從樹枝間到地面。

裝鬼的布袋很輕，但是體積較大，鼓鼓囊囊的。男孩用一隻手提著走了一段路程，然後又換一個姿勢，最後乾脆把袋子扛到了肩膀上。

一路上女鬼不停地和男孩搭話，一會兒問你今年多大了？一會兒問你叫什麼？你是和你媽姓還是和你爸姓？再問你媽媽呢？怎麼沒見她在家？

男孩也不理她，只埋頭趕路。

女鬼又說，你把我放下來，我要撒尿。男孩腳步沒停，女鬼就喊你不停我撒你身上了！

男孩嚇得一下收住了腳，他懷疑撒尿只是女鬼的一種藉口，不過又怕是真的，萬一她忍不住真在自己的肩膀上撒將起來自己豈不是自討沒趣。於是放下袋子解開袋口放出了女鬼。

女鬼在口袋裡憋得久了，從口袋中鑽出來後忍不住舒展身體伸了一個懶腰，嘴裡還喔地打了一個巨大的哈欠。四下看了看問男孩，你準備讓我在大路上撒尿嗎？

男孩說反正又沒人。

女鬼說我不習慣。

男孩：那附近也沒廁所呀！

女鬼看到路邊有一顆大樹，說你把我放到大樹後面吧。

男孩覺得也對，畢竟她是女的。依言把她放到了大樹後面，自己則一手拎著空口袋站在邊上。

女鬼說你離遠點成不？女的撒尿你也愛看嗎？

男孩臉紅了，說我爸爸說你詭計多端，得看緊了。

女鬼呸地吐了一口唾沫，你爸爸這個混蛋，總有一天不得好死！

男孩急了，說你撒不撒？不撒我們就走！

女鬼：好，我撒我撒。眼睛骨碌碌一轉說，你把身子轉過去一下總成吧？

男孩扭過身子。稍傾，身後響起一陣絮絮瑟瑟的輕微聲響，細水潑地一般，男孩被這種響聲刺激得渾身一激靈，身體的某個部位就硬了，心一下揪緊了，擔心身體裡又會噴出點奇怪的物

質。好在響聲持續了沒多久停下了，男孩緊繃著身體才漸漸鬆弛下來。耐心等了一會兒，身後卻沒了動靜，他忍不住問了一聲，好了嗎？話遞出去後沒有得到回答，提高嗓門又問了一遍，你完了沒？還是沒有回答。他一扭頭，大樹下已經不見了鬼影。四周一掃視，發現女鬼正在向路的一側跑著呢，腳上的一隻高跟鞋都跑掉了，她一隻手拎著鞋子，光著一隻腳一瘸一拐地跑得急切。男孩騰身而起，三五步便追上了她，一把將她從後面懸空提了起來。

女鬼哇地一聲哭了，請你放了我吧！求求你了！

男孩也不打話，一手抻開袋口一手將女鬼揣了進去，像揣一件舊衣服一般輕巧。

接下去的一路上女鬼唉聲歎氣的，男孩也不理她，半個小時後到了皂河。

男孩來晚了，集市上好一點的攤位都被人占了。他轉悠了一會兒，走到一個小攤點前站下。攤點的主人是一個五十歲左右的中年婦女，她的身前放著一個柳條籃，籃子裡盛著半籃子杏子，黃橙橙的，有的杏子上還連著一兩片綠油油的樹葉。中年婦女對男孩很友善，將自己的籃子往一邊移了移，騰出半個屁股大的面積。男孩朝她笑了笑。站定後放下布袋，將袋口鬆開，露出女鬼的一顆腦袋。女鬼露出頭後迅速地左右張望了一下，看到中年婦人似乎很高興，朝她諂媚地一笑。

中年婦女被眼前突兀呈現的一張鬼臉嚇了一跳，大叫一聲，鬼啊！提起籃子撒腿竄了出去。她這一跑也帶動了周圍一些膽小的攤販，他們一轟而起，提起筐啊籮的跟著女攤販一窩蜂地跑

了。至於為什麼要跑卻不知道，還以為是市場管理員來收攤位費了。

跑走的人停在不遠處圍著那個中年婦女問，你跑什麼呀？

中年婦女臉色蒼白地指著男孩的方向，嘴唇哆嗦著，嗚昂一聲哭了起來，走了，哭聲被離去的步伐拖得很長，剩下的人朝男孩所在的方向不住地探頭張望，於是看見了男孩腳下的袋子以及袋口晃動著的一個腦袋和一張披頭散髮下蒼白的臉，有人尖叫了一聲，鬼。人群於是整齊地向後一退。女鬼聽見了，朝他們鬼魅地一笑，人群便又向後一退。儘管一退再退人群中卻沒一個人離開，一群人厚厚地擠在一起。好奇地打量著口袋中的女鬼，有的人還朝男孩喊，小子！這女鬼是你姐還是你小姨啊？

男孩不甘示弱地回到，是你姥姥。

其他人就笑。另有一個人朝男孩喊，小子！你的鬼從哪兒弄來的？

男孩沒吭聲。他也不知道爸爸從哪兒弄來了這頭鬼的，因此沒法回答。

這時一個長相猥瑣的小個子男人朝女鬼喊，鬼妹妹還挺漂亮的，乾脆跟哥哥回家過日子吧！

身邊的人就說，老六想老婆想瘋了吧，連鬼也要。

老六愈發地猥瑣起來，說管她是人是鬼，關了燈還不都一個味道。說話時臉上色眯眯地全變成了彩色。

其他人就拿他打趣，敢情你還和鬼睡過？說說跟鬼睡覺究竟是個什麼味兒？

話越說越下流，男孩臉上掛不住了，雖然知道他們說的是鬼，卻感覺是在說自己某個女性家人，氣惱地朝他們大喊一聲，

你們滾！滾走！

那群人就起哄，那孩子吃醋了，那孩子吃醋了。

男孩急了，揀起一個小石子朝人群擲了過去。因為人小，力道欠了些，石子飛到中途痿頓下來，在距離人群三步遠的地方落到地上，落地後不甘心地又朝前滾了兩個跟頭，最後在老六腳前停下了。

老六生氣了，他從這一枚石子上讀出了男孩對於自己的恨意，彎腰揀起石子回擲向男孩。不知是故意還是陰差陽錯，石子飛行中略過了男孩直接砸到了布袋上，女鬼吃疼，哎喲叫了一聲，人群一陣哄笑。女鬼火了，尖叫一聲，袋口上的腦袋飛速地旋轉起來，獠牙大口面目猙獰，似要飛過來掐他們脖子。人們害怕了，又連連後退了數步。

圍觀的人群最後是在幾個市場管理員出現後自行散了。幾個市場管理員遠遠地見這邊人頭攢動，以為出了什麼糾紛，迅捷地趕了過來。圍觀的人一見到市場管理員便賊一樣迅速散開了。設攤的設攤，布點的布點，剩下的人也在攤點前逛著，不時和某個攤販詢個價。

男孩的周圍已經沒有了別的攤點，一小塊地方只有他一個攤子，孤零零的。

一個小夥子出現了，他執著一塊硬紙板一路走來，走到男孩附近停下腳步，四周觀察了一下，徑直地走到男孩的身邊，攤開了紙板，然後從不同的衣服口袋裡掏出好幾隻手機。都是些舊手機，品牌、款型不一，大概是自己用剩下的或者從別人手裡三文不值二文地收過來的。

別的攤點前不時有顧客上前問個價什麼的，男孩的攤子前始

終沒人來，偶爾有一兩個路過的人，經過他面前時也繞著走。他被一份共同的公眾情緒孤立了。現在離男孩最近的人就是賣手機的小夥子，他一直在好奇地打量著男孩。與此同時女鬼也數次將臉扭向男孩，似乎想和他說點什麼。男孩沒理她，揀起一根樹枝在地上畫著小鳥或者飛機的圖形。他並不是想飛起來。女鬼看了他一會兒突然說了一句，謝謝你！

男孩抬起頭，謝什麼？

女鬼說謝謝你剛才幫我。

男孩埋頭繼續畫著。他不知道該怎麼回答。

女鬼看著男孩，突然又說了一句，你長得很像你爸爸。

男孩停下畫畫，欲言又止。

女鬼：你想說什麼？

男孩：你是怎麼被我爸爸抓……到的？

女鬼就惱了，惡狠狠地，你爸爸是個大騙子，色鬼，混蛋！

男孩被女鬼瞬間的激烈反應嚇壞了，傻傻地看著女鬼。女鬼也沒了聊天的興致，閉上眼睛不再看他。

一輛小汽車開過來，迅速駛過男孩的攤子，吱地一聲在前方不遠處停下了，緩緩地倒回來，停下。一個男人從車上下來走到袋子前打量了女鬼一番，問男孩，賣嗎？

男孩扔下樹枝站起來，賣。他的心通通直跳。這是今天第一個問價的主顧。

司機問什麼價？

男孩：一萬。

司機皺皺眉，太貴了！能便宜點嗎？

男孩不吱聲了。一萬是爸爸給他的價格，當時交代的就是底

價，既然是底價就不能再讓了，可是如果不讓價他又怕失去眼前這位主顧，他在心裡猶豫著，一張臉憋得通紅。

司機又打量了女鬼一番，還用腳輕輕踢了踢布袋，似乎想試一試她的重量，不想卻惹惱了女鬼，她猛地睜開眼睛，嬌叱道，把你的臭腳挪開。

司機嚇了一聲，聽口音不是本地的，問女鬼，老家是哪裡的？

女鬼：關你屁事！

司機：還挺有性格的。對男孩說，這鬼我要了，你讓點價。

男孩問，你說什麼價？

司機說我們都讓一步，伸出一個巴掌，五千。

男孩堅決地搖頭，不。

司機問那你說多少？

男孩運了兩口氣，一萬。

司機氣得掉頭就走，有你這麼做生意的嗎？腦子進水了吧！鑽上車一溜煙開跑了。

司機離開了，之後相當長的時間裡都沒有人再來問價。日頭越升越高了，轉眼到了吃中飯的時間，一些攤販陸續掏出從家裡帶來的饃或者窩頭啃起來，男孩的腸胃被眼前晃動著的饅頭和窩頭點燃，咕地叫了一聲，迅速空了。他餓了。出門前爸爸說中午來的，太陽都到頭頂了連個影子都沒出現，他想給家裡打個電話，周圍卻沒有公用電話，最根本的問題是他口袋裡沒有錢，連打電話的錢都沒有。他朝賣手機的小夥子看了看，小夥子也朝他看，還笑了笑。

你的手機是國產的還是進口的？他問。

小夥子回答，有一個是國產，二個是國外的品牌機，還有幾個也不知道是國產還是進口的。你想買嗎？

男孩問能用嗎？

小夥子：不能用還叫手機嗎？

男孩怯怯地問，能借一個讓我給家裡打個電話嗎？

小夥子頓時氣餒，不借。

男孩說，你如果借給我打個電話，等我把這頭鬼賣了，我就考慮買你一部手機。

男孩的承諾似乎對小夥子具有一定的誘惑力，考慮了一會兒後揀起其中的一個手機遞向了男孩，你說話算數。

男孩：我保證。

男孩站在小夥子的攤子前打的電話。電話響了兩聲後通了，男孩說，爸，是我。

爸爸：你用的誰的電話？

男孩：我和別人借的手機打的。爸你什麼時候來呀？我餓了。

爸爸：我正在聯繫買家，一時半會兒不過去。問男孩，你那邊情況怎麼樣？

男孩看了女鬼一眼說，只有一個人問過價，但是沒有買。

爸爸就說你再堅持一會兒，如果遇到熟人就借點錢吃點東西。

男孩說一個熟人也沒看到。你還是快來吧，我很餓。

爸爸不高興了，說你怎麼這麼不懂事，我正忙著呢！

男孩：可我餓。

爸爸暴躁地，餓一頓又不會死。啪地掛了電話。

男孩無奈地關上手機還給了小夥子，一屁股坐在地上不動了。

坐了一會兒，男孩尿急了，隱忍了一會兒終究沒能忍住，起

身對身旁的小夥子說，我上個廁所，能請你幫忙看下攤子嗎？

小夥子：沒問題。你去吧。

男孩走了。

從小夥子出現開始他和女鬼就沒相互看過一眼，男孩剛一離開，兩個人臉迅速地扭向對方。女鬼壓低聲音道，你來幹什麼？

小夥子：我要救你走。

女鬼：男孩的爸爸很扎手，我們倆加一塊兒也不是他對手。他一會兒就要來，你趕緊走。

小夥子：那我們現在就走。

女鬼掃了一下周圍，你看那些人的眼睛都盯著這邊呢！能走掉嗎？

小夥子把臉埋在膝蓋間，那怎麼辦？

女鬼：你走吧！別管我！

小夥子：不行。我不能丟下你。

女鬼剛要說話，男孩回來了，只得閉上了嘴。

集市上的人流逐漸稀疏，各攤點前也漸趨冷清，一些攤主開始充盹，養精蓄銳地等待下一波人流高峰。這時從遠處緩步走來一個書生，他搖著摺扇一搖三晃地走著。先在一個賣大蔥的攤子前逗留了片刻，一根蔥也沒買便離開了，一路朝男孩所在的方向走過來。男孩看到書生了，但是不以為他會是自己潛在的買主，看了他一眼後又埋下頭琢磨著能從哪兒搞點吃的東西。書生越走越近了，一抬眼看到了女鬼，咦地一聲站下了。男孩急忙從地上爬起來向他招呼，你好！

書生沒理男孩，眼睛緊緊盯著女鬼，突然抱著扇子朝女鬼深鞠一躬。姑娘好！

女鬼撲哧一笑，你是從唐朝來的？

書生：姑娘說笑了。我是一九七六年出生的，怎麼會從唐朝來？

女鬼仍然笑吟吟地，我怎麼越看你越像是剛從古墓中爬出來的！

對女鬼的嘲諷書生並不在意，我見姑娘清秀脫俗，有意將姑娘買下，不知姑娘意下如何？

女鬼笑著說，我告訴你一個秘密。

書生：我洗耳恭聽。

女鬼一變臉色，我平時最看不起兩種人，一種是嫖客，另一種就是讀書人。

書生想必自視甚高，聽女鬼把自己與嫖客歸為一類心中不禁忿然，嘴裡說，無論姑娘如何鄙薄在下，在下對姑娘卻是敬仰有加，希望姑娘能成全這樁買賣。

女鬼：你我素昧平生，況且人鬼殊途，為何偏要買我？難道想娶我不成！

書生：姑娘說笑了。我是已婚之人，再娶就違法了。

女鬼不客氣地道，那你在這兒磨嘰什麼？回家抱媳婦玩去。

書生是個好脾氣，面對女鬼刻薄言語不慍不怒，端著一臉的笑意繼續說，之所以想買下姑娘是因為在下對於鬼神頗多敬仰，加上多年來我夜讀成習，夜深人靜時多有寂寞，倘若以後夜讀時有姑娘陪伴左右豈不快哉！

女鬼冷冷道，我已經說了我對讀書人沒好感，對已婚男人更沒興趣，你還是請便吧！

書生臉上掛不住了，哼地一聲道，買不買是我和賣家定的，恐怕由不得你做主。

女鬼：難道你想強買不成？

書生不再理她，轉向男孩，請問先生這位姑娘是什麼價格？

男孩有生以來第一次被人稱作先生，心中對書生好感頓生，說一萬。狠狠心補充道，如果先生嫌貴，九千八吧，讓你兩百。

書生：不貴，不貴。一萬就能買一頭鬼簡直太便宜了。

男孩還沒來及說話，一旁的女鬼冷冷地又對書生說道，你是不是覺得自己挺有錢的？

書生說，有錢不敢說，平時生活倒還過得去。

女鬼說我平時開銷很大，吃的東西也不是有錢就能買到的。你自信能養得起我？

書生好奇地，你平時愛吃什麼？

女鬼：新鮮的人血。

書生一愣，旋即反應過來，你在嚇唬我，想讓我別買你對嗎？哈哈。

女鬼說能請你一件事嗎？

書生：什麼？

女鬼：能讓我親你一下嗎？

書生沒料到女鬼會提出這種要求，猶豫了一下還是彎下身子將臉靠向了女鬼。女鬼用嘴唇輕輕觸碰了一下書生的面頰，迅速移向他的頸部，一口咬住了他的喉管，一邊咬一邊用力地吸，絲絲冷氣從她牙齒間急促地流動，刺激著書生頸部麻嗖嗖的，一種恐怖從書生的血液中生出，死命地抵在咽喉部位，幾欲窒息。恐怖最終轉化出一種力量，書生大叫一聲，奮力一甩頭掙脫了女鬼的嘶咬，騰地跳出了兩丈遠。女鬼張著血盆大口面目猙獰地還在朝他作勢欲撲，帶動著地上的布袋子浪一般地一層一層向上湧

著。書生終於撐不住了，怪叫一聲撒腿跑了，身後，女鬼淒厲地笑著，啊咯咯咯，追趕他似的。

書生跑得沒影了女鬼才安靜下來，男孩則為錯失了一個可能的買主而生氣，忍了一會兒還是朝女鬼發起了火，你幹嗎嚇唬人家？

女鬼：我沒嚇唬他。

男孩說你不會吸人血的，幹嗎要騙人？

女鬼擠出一副兇神惡煞般地表情，你想試試嗎？

男孩不屑地，得了吧！你要真那麼厲害還會被我爸爸抓住？

一句話惹惱了女鬼，她暴躁地罵了起來，你爸爸是個混蛋，惡棍……

女鬼顯然被戳到痛處了，聲嘶力竭地罵了很久，什麼髒話都罵，男孩也不理她，靜靜地站著朝路口眺望，他希望書生能回來把女鬼買走，但是書生再沒有出現。女鬼罵了一會兒口乾舌燥起來，強撐著又罵了兩句後停下嘴閉上了眼睛。

她累了。

日頭不知不覺中又向西滑出了老遠，饑餓像一把刀子在男孩的腹中攪動，男孩已經快被餓癱了。賣手機的小夥子站起身伸了一個懶腰，對男孩說，我餓了，要去吃點東西，你幫我看一會兒攤子吧！

男孩舔了舔嘴，你要多久？

小夥子：最多半小時。

男孩吭哧吭哧地道，最好能快點，我也挺餓的，想早點收攤回家吃點東西。

小夥子：那我們一塊兒去吃點吧！

男孩腸胃折斷似的一疼一暖，心中一陣蕩漾，咕嘟咽了一泡口水，隨即意識到一個關鍵問題，可我沒錢。

小夥子豪爽地，一頓飯能要多少。我請客！

男孩故作猶豫狀。小夥子說走吧！男孩腿腳就動了。

快到飯店時，小夥子動員男孩，你把她放下來吧，總不能扛著她進飯店吧？

男孩說這個女鬼很狡猾的，我怕一不小心給她跑了。

小夥子：放心吧！有我在她跑不了。

男孩就把女鬼放了出來，然後一手牽著女鬼一手拎著布袋跟著小夥子進了飯店。

飯店裡一桌客人都沒有，本來嘛，不早不晚的，誰會揀這時候來吃飯？見到有客人上門，三五個服務員一起迎上來，一個領班模樣的女服務員伸手引道，三位好！請裡邊坐！

小夥子掃了一眼大堂，給我們一個包間吧。

領班有點猶豫，覺得眼前這三個人怎麼看都不像有錢人，因此對他們的消費能力有所懷疑，斟酌著說道，我們的包間設有最低消費，如果三位只是簡單吃點東西的話就在大廳裡好了，既經濟又實惠。

小夥子堅持，還是給我們一個包間吧！

領班再次打量了一下他們一番，一聲未吭領著他們上了二樓。包間很大，中央攔著一張似乎比包間更大的圓桌，大得足可以在上面打一場籃球了。男孩覺得。

落座、上茶、服務員稍後遞上菜單，小夥子一邊翻著菜單一邊問服務員，你們老闆在嗎？

服務員：不在。緊接著補充道，不到上客的時間老闆一般都不在的。

小夥子點點頭，轉臉問男孩，你想吃什麼？

如此豪華的陣仗讓男孩有點暈，自進了包間一直都沒緩過勁來，面對詢問想都沒想拋出一句大實話，我想吃飯。身邊等著點菜的服務員撲哧樂了，小夥子也沒理他，對服務員，一個清蒸鱸魚、半斤清水大蝦、一份乾鍋花菜嘩啦啦一口氣點了七八個菜，最後連服務員都看不下去了，輕聲提醒說，先生，你們就三個人，差不多了！小夥子這才意猶未盡地罷了手，合上菜單問服務員，有酒嗎？

服務員背書一般地答道，我們有白酒、黃酒、紅酒和啤酒，不知你要哪種？

小夥子：紅酒吧。

服務員：紅酒我們有法國產和智利產的兩種，分別是四百八十塊和二百八十塊一瓶。

女鬼插話道：拿便宜的，還是節約點吧！

紅酒最先上的，菜跟著陸續上了。服務員幫忙開了酒，端著酒瓶要給男孩斟酒，男孩嚇得伸手捂住杯子，我不要。

女鬼對服務員說，我們自己來，你出去吧。服務員依言退出了包間，隨手把門帶上了。女鬼看了看男孩，男孩眼睛直鉤鉤盯著桌上的熱菜，已經快撐不住了。女鬼體貼地說，你先吃點菜墊一下。男孩也就不再客氣，抓起筷子吃了起來。

女鬼端起酒瓶先給小夥子斟上酒，又給自己倒了半杯，女鬼和小夥子自始至終都沒有說一句話，甚至都沒相互看一眼對方。女鬼端起杯抿了一小口，柔軟地含在口中並來回滾動了一番才

咕地一聲咽下，張開嘴噴著酒氣對男孩說，這酒不錯，你也喝點吧！

男孩：我不會喝酒的。

女鬼笑道，哪有男的不會喝酒的，來，把杯子給我給你倒點。

男孩：我真的沒喝過酒。說著把面前的酒杯往遠處移了一下。

女鬼沒輒了，抬起眼睛掃了一下小夥子。小夥子端起酒杯咕嘟喝了一大口酒，對男孩說了一句，男人不喝酒比女人長鬍子還難看。

男孩不解地問，女人會長鬍子？

小夥子：我只是打個比方。反正男人就應該喝酒抽煙發脾氣，否則沒有女人會喜歡的。又喝了一口酒盯著男孩，你還沒談過女朋友吧？

男孩正埋頭吃著一隻蝦，聞言抬起頭，誰說的！我談過戀愛。

女鬼插話道：是嗎？怎麼談的？

男孩：我們放學經常一塊回家。還一起看過電影。

女鬼：就這些？

男孩眨巴了一下眼睛，還要啥？

你吻過她嗎？

男孩臉色一下紅了，捏著蝦子吭哧吭哧地，那有啥意思！

女鬼咯咯笑起來，你是不是不會接吻啊！

男孩：這有啥呀？不就是親嘴嘛！眼睛卻不敢再與女鬼對視，將手中的蝦子連殼帶肉地塞進嘴裡嚼起來，咯吱嗦嚓地。

女鬼端著酒杯，用兩根手指輕巧轉動著，笑眯眯地看著男孩，男孩等了半晌見沒了動靜，一抬頭正撞上女鬼似笑非笑的古

怪表情，臉上再次火燒火燎起來。其實……其實……那個……

女鬼：你過來！

男孩：幹嗎？

女鬼一仰頭將杯中的酒倒進了嘴裡，鼓著腮幫用手示意男孩把頭湊近點，男孩懵懵懂懂地將右邊耳朵湊了過去——他以為女鬼要跟自己說點什麼，女鬼一把摟住男孩的脖子將他的嘴按在了自己的嘴上。男孩身體一下僵硬了，牙關緊咬，女鬼伸出舌頭輕輕地舔著他的嘴唇，一點一點地將舌頭往男孩的牙齒間遞送，三兩下便溫柔地撬開了男孩的牙關，緊接著一股液體灌進了男孩的嘴中，男孩一驚，咕嘟一聲咽了下去，腸胃被火灼了一下似的熱了，身體卻一陣陣地顫抖起來，很冷似的……

男孩跌回到自己的座位上，半天都沒弄清楚剛才究竟發生了什麼，愣怔了一會兒後一頭倒在桌子上昏睡了過去。

多年以後，男孩高中畢業考上了省城的一所重點大學。進校的第一天，輔導員陪著他在校園裡閒逛，兩個人走到教學樓前時，迎面撞上了一個三十多歲的女人，這個女人溫文爾雅，身上有一種柔軟的氣質，遠遠地跟輔導員打招呼，周老師在忙啊！輔導員：小陳老師你好！迎面錯過時她微笑著朝男孩點了一下頭。等她走過去了後男孩問輔導員，這人是誰？輔導員說她好像是數學系的一名老師。男孩看著她的背影，信誓旦旦地說了一句，我要追這個女的。輔導員說你就別費勁了，她已經結婚了，老公是做生意的，在二手手機市場賣手機。

露天電影

　　小東伺候著爸爸剛吃過晚飯就看見村裡的大人和孩子三三兩兩地朝村外走去。他們走過小東家的門口時還招呼道：「小東，快走吧！」小東說：「你們頭裡走我就來。」

　　小東家是從南京來的下放戶，到農村已經快一年了。數月前，小東的爸爸在一次批鬥中被引發了腦溢血，癱瘓了。不滿十歲的小東搖身一變頓時成了家裡的支柱。平時他需要在完成學習的前提下額外再承擔起照顧爸爸的責任，挑水做飯掃地拾草全部落在了他一人肩上。剛開始時因為缺乏經驗，著實讓他緊張了一陣子。第一次去井臺挑水，他輕輕鬆鬆地挑著兩個半人高的木桶到了井臺，費了吃奶的勁從井下拎上來了兩個半桶水，穿好扁擔哈著腰鑽到扁擔底下，剛一直身子肩膀被一股意料之外的重量壓得一軟，全身力道盡失，一屁股坐到地上，那根扁擔便歪向一邊砸在他的腿上。好在一段時間之後小東便逐漸適應了這份重量。現在他已經能挑起滿滿的一桶水，腳不打轉地一路走回家中。這一年他才十歲。他們下放的這個村子是全縣最窮的一個村，整個村子裡除了泥土和草之外就剩下人了，而且大多數是男人和年紀較大的女人以及未成年的孩子，年輕的女人一撥一撥往外村嫁，剩下的年輕男人就留在村子裡守著泥土等老。缺少年輕漂亮女人的村子再也沒法富起來了。老人們都這麼說。

　　小東洗完碗進了房間，睡在床上的爸爸正歪著頭看著他。爸

爸問小東：「剛才你跟人說什麼？」小東說：「今天晚上大隊部有電影，村子裡已經有人去了。」爸爸一聽到電影，眼睛裡立即有了光彩。他問：「什麼電影？」小東說：「好像是《龍江頌》。」爸爸說：「那你快去吧。」小東說：「《龍江頌》不打仗，我不想看。」爸爸說：「不容易有一次電影，還是去看看吧。」小東說：「《龍江頌》太沒意思了，只有一個壞蛋。江水英還是一個女的。」爸爸執著地說：「還是去吧。說不定是兩部片子呢！」

小東本來也沒想不去，他只不過想逗逗爸爸。自從癱瘓以後，爸爸就失去了與外界的聯繫。平時如果要瞭解外面什麼事情必須通過小東這一環。現在小東與他之間完全是一種供求關係，小東每天在外面遇到或者聽到什麼新鮮事都要一絲不漏地向他複述。看電影也是如此，無論什麼片子，也無論他以前是否看過，只要去看了，那麼小東就有義務向他講述故事的情節，並盡可能地把一些精彩的細節也比劃清楚。這是小東和爸爸之間的一條不成文的約定。

又跟爸爸繞了一會兒，看時間差不多了，小東就說：「好吧，那我就去吧。」爸爸說：「散場後早點回來，我等你。」

小東喜歡看電影，這種愛好是從南京開始的。在南京時每到週末爸爸都要帶他去單位看上一部片子。那時候他對電影的理解幾乎等於零，只是愛看而已。只要一看見那些也不知從什麼地方來的人在銀幕上唱歌跳舞，煞有介事地哭笑並說話，小東就覺得很有意思。下放到農村後，電影看得少了，他們下放的這個地方沒有電影院。小東在這時突然地對以往所看過的電影有了深切的

記憶，凡是他看過的電影後來都被他一一地回憶出來，暗自回味，像電影本身一樣一遍一遍地在內心中為自己放映。當然這裡面肯定也有誤差，因為在回憶起那些電影的具體情節和細節的同時也加進去了他自己的想像和臆測，所以到最後他也不知道究竟哪些是原來電影中的，哪些又是自己虛構的。來農村半年之後，有一天公社放電影，下午時村子裡就像過節一般地熱鬧起來。人們早早地收工吃飯，大姑娘小媳婦們梳洗打扮，翻箱倒櫃地找出一兩件平時捨不得穿的衣服，貼在身上對著鏡子打量半天又猶豫半天；小夥子也一反常態地拿著毛巾就著半盆清水認真地洗起臉來，那一分仔細勁像要從臉上擦去祖輩為他們預先留下的泥土和某種痕跡。

這是小東來到農村後第一次看電影，村子裡在電影之前便洋溢出的喜慶氣氛使他著迷，像電影之外的一部電影。

大隊部是在王莊，距離小東所在的生產隊約有七八里路。由於和爸爸說話耽誤了一點時間，等小東趕到大隊部時，王莊的社場上已經密密匝匝擠滿了人。人群的前面豎著一面白布，王莊的人大多數都帶著凳子，坐在人群最前面。其他從周圍村子趕來的人便站在稍後一點的地方。所有的人都面向著那一面白布，向日葵朝向太陽似的富於規律。電影還沒有開始，人們相互聊著天，一群孩子高聲叫喊著在人群中相互追逐，攪得人群晃動，罵聲四起。人群中間的放映員正在一盞電燈下忙著倒片子，臉上滿是汗珠，被電燈映照得粒粒真實。

小東在人群的邊緣站了一會兒，覺得觀看的角度不太理想，於是放棄了自己的位置，繞著人群走了一圈，一連換了三個地方，發現效果都不如第一個位置。最後不得已只好回到一開始的

地點，卻發現原先的地方已經被別人占了。由於他的個子矮小，站在他前面人的身體完全遮住了他的視線，他只能從人們身體與身體的一點縫隙中窺視到銀幕的一角。這顯然不可能是觀看電影的理想位置。他正準備再換一個位置時，電影已經開映了。小東只覺得眼前一黑，人群中間的電影放映員和他的燈光一下子就失去了蹤跡，接著前面的銀幕上突然出現了陌生的人像和聲音，陌生得令小東愣了足足有半分鐘，等他回過神，江水英已經「擔重任乘東風急回村上。」

今天的電影是《龍江頌》。恰巧是小東不喜歡看的一部片子。可是既然來了他也不想被人擋在後面只看著江水英的半身花布衣服。他試圖越過前面的那個大人往前挪一挪位置，但是前面的人像跟他作對似的，連一點縫隙都不讓出來。小東剛一向左探頭，那人便向左偏一偏身子，他向右，那人便將身子偏向右邊，總是能擋著小東的視線和路線。最後小東急了伸手推了那人一把叫道：「我看不見了！」

那人回過頭對著小東笑了，露出一排雪白的牙齒。小東大喊了一聲：「益中大哥！」益中笑著將小東一把抱了起來，舉他騎上自己的脖子。等小東在上面坐穩了之後，益中問了小東一句什麼，小東沒聽見，反問道：「你說什麼？」益中說：「你看見……看見杏花沒？」聲音小得像一隻蚊子哼。小東大聲地說：「沒看見杏花姐呀！她也來了？」益中惶急地說：「不知道，不知道！」就不說話了。

電影繼續。階級敵人黃國忠從窯對面夾兩大捆柴草上。「哎——，再加把勁，把火燒得越旺越好！」（狰獰地）「哼！我從後山跑到龍江村，隱藏了十幾年，憋得我實在喘不過氣來。堵江

救旱要叫你們得到好處，休想！」突然間黃國忠在銀幕上閃爍了一下，「吱」地一聲不見了，銀幕上頓時一片漆黑，緊接著人群中間放映員的那張桌子上的電燈亮了，刺得小東的眼睛一疼。人群頓時活躍起來，嘰嘰喳喳地說起話來，那些孩子又開始亂跑開來，相互學著電影上的臺詞：「堵江救旱要叫你們得到好處，休想！」放映員忙著卸片裝片，一雙手靈巧地在燈光下滑動。益忠對脖子上的小東說：「你下來歇一會兒吧！」小東正好被小腹中的一股尿意沉甸甸地壓迫得難受，就從益中的肩膀上滑下來，還沒滑到地上，他雙手突然一使勁，又扒住益中的肩膀停住了。益中覺得異樣，剛想張嘴詢問，小東已經興奮地叫起來：「我看見她了！我看見她了！」益中奇怪地問：「你看見誰了？」小東奇怪地翻了益中一眼，說：「還有誰？當然是杏花姐啦！」益中就夠著腦袋問：「在哪兒？在哪兒？」小東伸手指著前排邊上的一堆站立著的人群說：「不就在那兒嘛！」益中順著小東手指的方向搜尋了半天才發現杏花。她今天穿了一件花布襯衫，又長又黑的頭髮紮成了一根獨辮子沉甸甸垂在身後。這會兒正和同村的一個女的說著什麼，說著說著杏花笑了起來，垂在身後的那根辮子被笑聲震得微微顫動。

小東張嘴朝杏花喊：「杏花姐！杏花姐！」可是距離太遠加上周圍人們的聲音太大，站在前面的杏花沒聽見。益中問小東：「你叫杏花有事？」小東說：「不是你要找杏花姐的麼？」說完一伸脖子又要喊，益中急忙伸手捂住了他的嘴。「你老老實實地坐著，別吱聲！」益中說。接著又要將小東往脖子上架，小東急忙說：「我要撒尿！」益中這才醒悟，將小東放落到地上，小東「吱溜」一下竄出了人群。一泡尿的工夫，小東又鑽了進來，益

中再次把他舉坐到肩膀上，電影便重新開始了。

重新開始後的電影裡，階級敵人黃國忠的出場機會不斷地增多，隱藏的身份也逐漸地暴露出來；另一方面，大隊長李志田的私心也越來越重，黨支部書記江水英看在眼裡痛在心上……不知為什麼小東突然覺得銀幕無端地產生了晃動，感覺是在向一邊漂移似的，只是他此刻已經顧不了這麼多了，他整個人都已經被電影吸引，完全沉浸在情節之中。中途電影又換了一次片子，當人像和聲音再一次地從銀幕上消失，燈光重新閃亮開來，小東忽然發現自己所處的方位已經產生了巨大的變化；原先自己和益中是站在人群後面靠左邊的位置上的，當時銀幕是在自己的右前方，放映員和燈光是在自己的右邊，而杏花則是在人群的另一邊。可是當一盤影片放映完畢，一切都被悄悄地改變，銀幕跑到了左前方，放映員和他的燈光整個地落到了身後，自己雖然仍然騎在益中的脖子上，但是卻已經站在了杏花的身後，而在上一次換片子時，杏花與自己以及益中還相隔甚遠……小東被這突如奇來的變化驚得尖叫起來：「怎麼搞的？怎麼搞的？我們怎麼跑到前面來了？」

他的叫聲引得周圍的人一齊將眼光集中到他和益中的身上。益中紅著臉打斷他：「別胡說，我們本來不就是站在這兒的！」小東說：「不是，不是的，我們剛才是站在後面的！」

杏花這時回頭看見了他們，招呼小東說：「小東！你也來了？」同時跟益中點點頭。小東說：「杏花姐你說怪不，剛才我們還是在後面的，這會兒不知怎麼就到前面來了？」益中愈發顯得不自然起來，吭哧吭哧地對杏花說：「你別聽他瞎說，我們本來就在這兒的。」杏花這時候臉也無緣無故地紅了一下。她沒接

小東的話茬，對他說：「你下來站一會兒吧，也讓你益中哥歇一會兒。」

小東正要下來，益中卻搶著說：「沒事，沒事。孩子輕不累人的。」小東就不肯下來了。益中和杏花也無來由地沉默下來。好在這時候電影開始了，燈光一滅銀幕上又出現了江水英。

電影散場回到家，小東躡手躡腳地走進房間，剛爬上床爸爸醒了。「回來了？」他問。小東「嗯」了一聲。爸爸說：「是《龍江頌》嗎？」小東說：「是。」爸爸向裡面挪了挪，空出一些位置對小東說：「快上來跟我說說。」小東說：「你以前不是看過了嗎？」爸爸有點不高興了，說：「我看過歸我看過，你說是你說。怎麼讓你說說你也不樂意！」小東說：「沒，我沒不樂意。」

小東脫了衣服睡到床上後開始敘述起來。「電影開始時是一片麥田，遠處是九龍江和高高的公字閘，閘上面有五個大字『人民公社好』。先出場的是一群社員，他們一出場就唱，唱得什麼我不知道。」爸爸說：「他們唱的是總路線放光芒照耀龍江，大躍進戰歌昂響徹四方。」小東說：「對對對，是這個，正是這個方不方的。」爸爸沒理他說：「你接著說吧。」小東說：「後來階級敵人搞破壞，看見天下雨他就說『下吧，下吧，下它個七七四十九天我才高興呢』！……江水英對大隊長說『志田，抬起頭來，看，前面是什麼』？那個姓李的大隊長就伸長了脖子使勁往前伸，使勁往前伸，伸得老長老長的才說『咱們的三千畝地』江水英又指著前面說『再往前看』。那個大隊長就又把脖子往前伸，往前伸，又伸出老長老長的一截之後說『是龍江的巴掌

山』。江水英又指著前面說『你再往前看』！李大隊長又往前伸長了一截脖子最後說『看不見了』。江水英就說『巴掌山擋住了你的雙眼』！」最後的這一句話是爸爸和小東倆人同時說出來的。話一出口，倆人就都哈哈笑了起來。

日子累積，爸爸的病卻不見好轉。因為長期臥床，他的脾氣越來越顯古怪，對今後生活的絕望使得他對來自小東的照應也是百般的挑剔，經常無緣無故地朝小東發脾氣，或者拒絕吃飯、吃藥，偶爾也動手揍小東。一開始小東不敢跑，他怕爸爸下床追他摔倒，就站在爸爸面前任他動手。後來爸爸揍他揍得上了癮，有事沒事逮著小東就是一頓狠揍，小東看不是事，後來就學會了逃跑，只有爸爸一有了揍人的意思，他立馬撒丫子跑人，爸爸沒法下床追，只能看著小東破口大罵，語言也竭盡惡毒之能事，小東聽不下去就遠遠地站著與之對罵。可是他無論如何也不是爸爸的對手，罵著罵他就被罵哭了。爸爸見他哭也就停住口舌。於是父子倆人又抱頭痛哭。日子在相互的咒罵和哭泣中一點一點地消耗並磨損著，使得他們如入泥沼似的越陷越深。鄉村裡的日子極其單調乏味。這裡沒有忙碌的汽車、寬敞的街道，整個村子裡的連環畫加起來都超不出十本。現在唯一值得信賴的娛樂僅剩下了露天電影這一項了。而這唯一的娛樂還不能由小東獨佔，他必須將這一份娛樂分給臥床不起的爸爸一點。

就在看過《龍江頌》的數天之後，毗鄰的一個村子裡來了一場電影。小東一開始還不知道。這一天他放學很晚，在路上又拾了一些柴草，等到家後爸爸已經生氣了。他朝小東發火說：「你怎麼這麼晚才回來？」小東說：「老師拖堂我有什麼辦法？」說完放下書包就要去做飯。爸爸說：「你別燒飯了，鍋裡還有一些

剩飯你先吃一點，趕快去高墊看電影吧。」小東說：「今天有電影？」爸爸說：「是益中剛才來說的，他想帶你一起去的。看你還沒回來就先走了。」小東說：「哪你怎麼辦？」爸爸說：「別管我，看電影要緊！」於是小東匆匆吃了一點剩飯就往高墊去了。

走在半路上天就黑了，接近高墊時小東聽見從高墊生產隊的社場上的一隻大喇叭裡傳出的電影對白，因為距離太遠，對白的內容聽不大明白。往前又走了一會兒就進入了社場，在路邊的一個草垛後面突然轉出一個人影，嚇得小東一下站住了。那個人影卻朝他說話：「是小東嗎？」小東聽出來了，叫了那人一聲：「益中大哥你怎麼在這兒？」益中說：「我等你呢？」牽著小東進了社場。一邊走益中一邊交待小東：「你先去到右邊靠前那一塊兒找個地方待著，我一會兒就過來。」小東就繞過人群轉到另一側，於是就看見了站在人群邊緣東張西望的杏花。杏花問他：「小東你一個人來的？」小東說：「是啊。」這時益中從後面走過來，一邊走一邊叫著：「小東！小東！」小東就答應：「我在這兒。」益中走過來埋怨道：「怎麼一轉臉就不見了，讓我好找！」小東疑惑起來，他記得是益中讓自己到這兒來等他的，怎麼現在卻說這種話呢？他正要說話，益中已經將他抱起來讓他騎上了自己的脖子。

今天的電影依然是《龍江頌》，這部電影小東已經看了有五六遍了。他沒料到今天的電影還會是《龍江頌》，不過話又說回來，即使料到又能怎麼樣？他覺得自己肯定不會不來看的。

看了一會兒電影，益中作出一副被尿逼急的模樣對小東說：「小東你下來站一會兒，我去去就來。」放下小東就離開了。小東頓時從半空中落回到地上，視線被前面的人擋著看不見銀幕

了。他向兩邊偏了偏腦袋也找不到一個好的角度，於是就對前面的杏花說：「杏花姐！咱倆人換個地方吧。我站在這兒看不見。」可是杏花卻沒理他，他又說了一遍，杏花還是沒吱聲，小東忍不住拽了她一下，杏花回過頭惱怒地喝斥道：「幹什麼？」聲音陌生之極，嚇得小東差點跳起來，再一細看卻發現這人根本就不是杏花。那人看小東可憐巴巴的樣子也沒多說什麼，轉過頭繼續看起了電影。小東心中滿是疑惑，他明明記得杏花是站在自己前面的，怎麼一轉臉的工夫就換成另外一個人了呢？他站在原地等了一會兒不見益中回來，想去另找一個地方，卻又怕益中回來找不到自己。於是只好硬著頭皮死等。片子換了兩回之後，江水英已經領著群眾交公糧了，益中才氣喘吁吁地跑進來。小東氣惱地對他說：「電影都快結束了！」益中嘿嘿地一笑也不分辨，抱起小東又將他架在了肩膀上。

電影結束了，燈光亮起人群嘰嘰喳喳地四散而去。小東重新回到地面上正要拽著益中離去，前面的那個女的回頭叫了他一聲：「小東，回吧！」小東一看之下大吃一驚，眼前的人分明是杏花。於是他真正地困惑起來。他決定回家之後問一問爸爸。

小東和益中是在村頭分手的，離家老遠小東就看見自己家的屋子裡有燈光從窗戶中洩出，他覺得挺奇怪的。平常爸爸一個人在家早早就睡覺的，根本不會把燈一直點到現在。他進門一看嚇了一跳，只見爸爸倒在堂屋中央，已經睡著了。他撲過去使勁地將他搖醒，嘴裡大聲叫著：「爸爸爸爸，爸爸！」爸爸睜開眼睛，笑了。說：「你回來了？」小東這才放下心來，他還以為爸爸已經死了。「爸爸，你怎麼睡到堂屋裡來了？」爸爸說：「你

走了之後我覺得挺餓的，想起來弄點吃的，可腿腳不聽話了，走到這裡跌了一跤就爬不起來了。」小東嗚嗚地哭了起來說：「以後我再也不去看電影了。」爸爸笑著說：「沒事的沒事的。飯可以不吃，電影是不能不看的。來跟我說說今天是什麼電影。」小東說：「還是《龍江頌》，沒勁透了！」爸爸說：「你還是說說吧。」小東說：「那我先扶你上床，給你做點吃的然後再講給你聽。」

侍候爸爸吃過飯小東上了床。他這時早已睏得不行了，身子剛一躺直就要睡去，惹得爸爸極不高興，他搖了搖小東說：「你還沒講電影呢！」小東說：「我明天再講吧。」爸爸說：「那不行，你要是剛才不答應我就不吃飯了。」小東只好硬著頭皮講起了《龍江頌》：「電影開始時是一片麥田，遠處是九龍江和高高的公字閘，閘上面有五個大字『人民公社好』。先出場的是一群社員，他們一出場就唱，唱得什麼我不知道。」爸爸說：「他們唱的是『總路線放光芒照耀龍江，大躍進戰歌昂響徹四方。』」小東說：「對對對，是這個，正是這個方不方的。」爸爸沒理他說：「你接著說吧。」小東說：「後來階級敵人搞破壞，看見天下雨他就說『下吧，下吧，下它個七七四十九天我才高興呢』！……江水英對大隊長說『志田，抬起頭來，看，前面是什麼』？那個姓李的大隊長就伸長了脖子使勁往前伸，使勁往前伸，伸得老長老長的才說『咱們的三千畝地』江水英又指著前面說『再往前看』。那個大隊長就又把脖子往前伸，往前伸，又伸出老長老長的一截之後說『是龍江的巴掌山』。江水英又指著前面說『你再往前看』！李大隊長又往前伸長了一截脖子最後說『看不見了』。江水英就說『巴掌山擋住了你的雙眼』！」最後

的這一句話是爸爸和小東倆人同時說出來的。話一出口，倆人就都哈哈笑了起來。小東的睡意頓消。這時候他突然想起了看電影時遇到的那一件怪事，就對爸爸說了。爸爸顯然對這件事極感興趣，聽了小東的一番敘述又問了幾個問題然後就笑，哈哈哈地。小東問他笑什麼他也不回答，只是說：「以後再去看電影你最好自己帶一張凳子墊腳吧。」「為什麼？」小東問。爸爸還是笑，「以後你益中哥恐怕沒時間再舉著你看電影了。」說完更加響亮地笑了，像個開心十足的孩子。

小東不明白。

接下去的一次電影隔了有十天左右的時間，在這十天中村子裡出了一件喜事，村南頭的杏花被她家裡許給了縣裡的一個工人。那天的晌午時分，當田野裡的牛還拉著鐵犁晃晃悠悠地翻著泥土時，一個身穿中山裝滿臉膿疙瘩的三十多歲的男人騎著一輛嶄新的自行車來到了杏花家。村裡的孩子愛熱鬧，見有生人來村裡，一窩蜂地湧到杏花家的門前。杏花媽拿著出糖果讓他們吃，小東也分到兩顆。在回家的路上他看見了益中站在一棵大樹下癡癡地發愣，就走過去叫了一聲：「益中大哥，你怎麼站在這兒呀？」益中驚慌地說：「沒，沒，我沒站這兒！」語無倫次地讓小東疑惑。

兩天後鄰村有一場電影，益中找到小東說：「小東今天晚上去看電影嗎？」小東說：「我不知道是什麼片子。」益中說：「是『反特』片，還打仗呢！」小東說：「大牛他們說是《龍江頌》。」益中說：「別聽他們胡扯，他們不知道的！你去不去？」小東說：「當然去啦！」益中突然歎了一口氣說：「唉——！也不知她去不去？」說完就走了，留在原地的小東覺得益

中大哥越來越奇怪了。下午小東去井臺挑水，路過杏花家門前時遇到了同去挑水的杏花。自從上回那個工人來過之後，杏花就不出門了，連工都不上，據說再過一段時間，她就要去縣城跟那個滿臉疙瘩的工人結婚。因為一段時間沒見到杏花，小東覺得自己與杏花姐之間似乎生疏了許多。他老想跟杏花姐說點什麼，卻又不知道說什麼好，只好埋著頭默默地往前走，任由晃悠著的水桶吱呀吱呀地叫喚個不停。走了一會兒還是杏花先開了口，「小東，挑水去呀？」小東說「是啊。」杏花說：「你怎麼現在不理人了？」小東說：「是你不理我的。」杏花微微笑了一下岔開話題，「你知道今天晚上張莊有電影嗎？」小東說：「當然知道，而且我還知道是『反特』片呢！」杏花說：「那你去不去看電影？」小東說「那哪能不去！」杏花說：「張莊挺遠的，你最好跟大夥兒搭伴一塊走。」小東說：「不怕，我跟益中大哥一塊兒！」杏花點點頭就不再說話了。到了井臺，杏花幫助小東打好水，讓他先挑回去了。

這一場電影吸引了周圍好幾個村莊的人，所以人特別地多，等小東跟著益中趕到時，整個社場上已經擠滿了人，而且還不斷有外村的人往這兒趕，一撥一撥的。直到這時他們才知道今天是兩部電影，這讓小東著實地高興。跟著益中剛在社場上站下來，他們就看見了站在人群另一邊的杏花。在看見杏花的一瞬間，益中身子微微一顫，杏花則像沒看見他們似的掉臉往人群外面走了。隔了一會兒益中對小東說：「我去撒泡尿，就來。」也走了。然後電影開始，落在人群後面的小東被銀幕上的聲音攪得六神無主，一遍一遍地踮起腳尖拔高身體，結果卻還是被前面的身

體和衣服遮得嚴嚴實實，一根頭髮都露不出來。要是聽爸爸的話帶一張小凳子來就好了。小東想。

電影繼續，社場上空遍佈江水英的說話和唱。小東等不下去了。他鑽出人群，繞著人群走了一圈，始終沒能找到一個理想的位置。今天看電影的人實在太多，社場上所有能站人的地方幾乎都已經站了人，連平常只有鳥兒待著的樹上也有了一兩個黑漆漆的孩子。當小東走過樹下，他們就往下面撒尿。

小東繞著人群走不多久，便走到了銀幕的背後，出乎意料的是他在銀幕的背面居然看到了江水英。他感到很奇怪，不明白江水英怎麼跑到銀幕的這一面來的。這個問題隨即被他放棄，一屁股坐在地上，仰著頭專心致志地看了起來。這期間他覺得電影上的人與以往相比有點異樣，他們的說話舉動總是給人一種彆彆扭扭的感覺。《龍江頌》沒一會兒就放完了，小東趁著放映員換片的機會飛快地撒了一泡尿，然後第二部電影開始。片名叫《南征北戰》，是一部戰爭片。小東看了一會兒就發現了一個錯誤，電影裡的人統統地是左手握槍，敵軍指揮官們左手揮著手槍大聲朝部下說：「快走，快走！別像他媽的烏龜爬！」而我軍戰士給首長敬禮時也是用左手完成。直到這時小東才明白，原來銀幕背面是和正面是反過來的，銀幕正面的一個人的右手出現在銀幕背面時就是左手，背面銀幕上的一個人左邊的耳朵在正面時就成為這個人的右耳。小東覺得這很有意思。

「小東！小東！」一個聲音在漫聲地叫著。小東聽出是益中，大聲回叫：「益中大哥，我在這裡！」

益中順著聲音繞到近前，抓起小東就走。小東說：「上哪去呀？」益中說：「別看了，我們回去！」「為什麼？」小東問。

益中沒答腔，拽著小東快步走出了社場。小東賴了兩下沒賴下來，只得跟著益中氣鼓鼓地離開了，像一隻蛤蟆。

一路上益中一聲不吭，只呼呼地喘氣，活像另一隻蛤蟆。今夜的月亮極好，圓圓地掛在天上，隨著他們的走動而不住地移動自己的位置；清冷的光輝鋪路，周圍田野裡的莊稼在一層月光下暗暗生長。遠處的村莊，晃動的輪廓，偶有的幾聲狗吠回蕩在空空的月光中，灌滿了鄉村。所有的一切都在月光下沉睡並且做夢……

走了一會兒小東突然發現後面有人在跟著他們，而且這個人似乎在哭，抽抽噎噎地。他於是拽了拽益中說：「益中大哥，後面有人。」益中不說話，只將手更緊地抓住了小東。後面那人聽見了小東的話，哇地哭出了聲音。小東聽出來了，對益中說：「益中大哥，好像是杏花姐！」益中喝斥道：「少囉嗦！」腳步更加快了。一直到家，益中都沒再和小東說過一句話。小東進了家門後發現爸爸已經睡熟了，他這時還沉浸在《南征北戰》的英雄氣概中，情緒始終亢奮不已。爬上床後怎麼也睡不著，忍了一會兒終於沒能忍住，伸手去搖爸爸，「爸爸，爸爸，我回來了。」沉睡中的爸爸唔了一聲，小東說：「我今天看了兩部電影，要不要講給你聽？」爸爸又唔地一聲。小東便順嘴講了起來：「第一部電影是《龍江頌》，江水英今天穿得是一件新衣服──」他等了一會兒，看爸爸沒提出異議又大著膽子接著說，「她腰裡別著一把手槍，率領游擊隊進了龍江村。村子裡有李奶奶、李勇奇、李玉和、小鐵梅、小常寶、王連舉、南霸天、洪常青、潘冬子、阿慶嫂、刁德一、刁德二、刁德三、刁德四和刁德五，還有周扒皮、高玉寶、沙奶奶、毒蛇膽、春苗、紅雨、方

海珍、楊子榮、嚴偉才、喜兒、大春、吳清華……隊伍進村後發動群眾鬥地主，分田地，最後和敵人打起來了，江水英左手掏出手槍，一甩手『啪』地一槍先幹掉了刁德一，『啪』又一槍打死了刁德二，『啪』地一槍又打死了刁德三。剩下刁德四和刁德五被我軍團團圍住，刁德四左手揮著手槍對自己的部下大叫，『他媽的給老子頂住！抓住江水英賞大洋一塊！抓住阿慶嫂賞黃金萬兩！然後抓起步話機向刁德五大聲呼叫求援，『刁軍長，刁軍長，看在黨國的面子上拉兄弟一把！』刁德四就說：『唉呀——！兄弟我也不好過呀！這不是我軍無能，而是共軍太狡猾，大大的狡猾狡猾的！』刁德四就說：『現在阿慶嫂和沙老太太打起來了！』刁德五聽說阿慶嫂和沙奶奶打起來了，以為是一個機會就派隊伍衝鋒，然後全部落入我軍的埋伏圈被打死了。」

小東說了半天不見爸爸有所反應，漸漸沒了情緒，最後匆匆結尾一翻身睡了。爸爸則已經鼾聲如雷，間或還發出一兩聲嘯音，噘嘴吹著口哨似的。

一個星期之後，杏花出嫁了。事先村子裡誰也不知道杏花會這麼快地出嫁。那天從縣城來的迎親隊伍是三輛自行車，進了村連一口水都沒喝就把杏花馱走了。當時杏花穿的是一件嶄新的大紅緞襖，她的胳膊挎著一個包袱坐在其中一輛自行車的後座上，垂著頭一聲不吭地被自行車帶出了村子，不見了。等村子裡人聞迅趕到她們家，只分到了一把水果糖。

從此以後益中大哥再也沒看過電影，因此小東再去看電影時，只得一個人坐在銀幕的另一面看著電影上的人用左手吃飯、開槍、指路、學習紅寶書……

槍　令

　　天際剛剛泛出亮色，四小隊知青戶門前便響起一陣急促的敲門聲，老隊長拍著門大喊大叫：「上工啦，上工啦！劉永、郭黑子、李南京你們都睡死了……」屋裡的三個人便醒了。人儘管醒了，卻沒一個願意起來應付一下或者答應一聲的，一個個悶著頭裝睡。老隊長卻不肯輕易放過他們，攢成拳頭的手在門上執著地擂著，嘴裡還不乾不淨地罵起髒話，一副不把屋裡的人敲（罵）出門來絕不罷休的架勢。老隊長的固執使屋裡的人相信他是可以把門敲（罵）出一個巨大的窟窿來的，這份糟糕的信任使他們不敢在床上堅持太久，在老隊長罵出更加難聽的話之前一個跟著一個爬了起來，並不用多說什麼，每人操起一把鋤頭，跟著老隊長下地去了。其中李南京除了一把鋤頭之外還額外地背上了一桿汽槍，劉永則將一盒汽槍子彈裝進了口袋。

　　四小隊的知青戶裡原先住著六個人，現在只剩下了一半。剛進村時六個人猶如六隻嫩公雞，整天喔——喔兒地亂叫喚，走村串戶嘮嘮叨叨地告訴村裡人說自己是毛主席派來的，是來接受貧下中農再教育的，要紮根農村幹一輩子什麼什麼的。可一年時間不到，六個人中便逃走了一半，剩下的三個人分別是劉永、黑子和南京。與成功地逃走的那三位相比，剩下的三個人的家庭成份很有點問題：劉永的爸爸是唱歌的，唱過《草原上升起不落的太陽》等後來被劃為毒草的歌曲，人於是便隨著歌曲一起被劃為了

右派；黑子的爸爸以前是跑碼頭的江湖藝人，會玩幾手手絹變花，花變鴿子，鴿子變鳥這類的小魔術，屬封建餘孽，自然也在被打倒之列；南京的爸爸則更加地操蛋，解放前居然是「國軍」的人，罪名屬反革命系列中的「歷史」一類。眼見著當初與自己一起來的知青們遠走高飛越飛越高越飛越少，四小隊的這三個人便慌神了，他們不知道自己還要在這個莫名其妙的地方待多久？以後又會怎樣？嚴格地說，後來返城的機會和藉口非常之多，招工、病退、推薦上大學等等不一而足，可無論哪一項此時均與他們無關了；要命的事情還在於每天清晨天還沒亮，老隊長便來喊他們下田幹活，如果他們敢稍一拖延，老隊長立即破口大罵……

老隊長披著一件黑棉襖，扛著鋤頭，雄糾糾氣昂昂地走在前面，後面跟著三個拖著農具，趿著鞋子怪模怪樣的瞌睡蟲。三隻蟲子在清晨的空氣中接二連三地打著哈欠。一開始的哈欠是真實的，但是隨著人一點一點清醒，哈欠就成了他們發洩不滿的方式，這時候的哈欠多少有點表演色彩，每一個人都以自己的聰明才智玩弄並利用著哈欠，瘦弱的劉永的哈欠像似一種輕聲的歎息，你一不留神他已經結束了；相反郭大海則是另一個極端，他的每一次的哈欠都極盡誇張之能事，不僅嘴張得跟海似的，動靜也大，吐氣時忍不住要嗷——哇怪叫一聲，聲音之嘹亮，動作之誇張能把人嚇得笑起來。但是老隊長不笑，從來不笑。三個人跟在老隊長的身後嗷——哇、嗷——哇地一陣接一陣地亂叫後便來到了田裡。村裡的勞力已經幹得熱火朝天的了。

因為不會其他的農活，老隊長便安排三個人去跟著一幫輕勞力挖地。三個人當著老隊長的面最後打了一通哈欠後去了。在正式幹活之前，李南京將他們三個人共有的那桿汽槍放到田埂上，

然後才加入到挖地的行列之中。三個人東一下西一下有氣無力地朝天空揮舞著鋤頭，照葫蘆畫瓢般地挖呀挖呀；田裡的土地那麼厚，他們顯然並不指望能挖到底，精神於是顯得渙散，郭黑子幹著幹著就沒了興趣，他雙手拄著鋤頭直起腰對著遠處大喊了一聲：「喂──！」隨即唱起了京劇，是《沙家浜》郭建光的唱段，要──學──那，泰山頂上昂──安──昂，立──青──松……周圍的人便一起停下來瞅著他笑。老隊長不幹了，在田埂那邊朝黑子罵：「抽風呀？幹活，快幹活！」黑子呸地朝土地裡吐了一口唾沫，操起鋤頭直直地朝天空豎了起來……

太陽露頭時才是休息的時間，那一刻環繞在田野四周的霧靄一起後退，為田野讓出土地，為田野讓出更為寬闊的視野；彤紅的東方朝霞滿天，像演奏中的音樂流淌並晃動，像圖案被暗中的色彩修改或者變化……一些人家的孩子和女人給下田幹活的人送來了稀飯和餅什麼的。當地人把這一頓稱為「早茶」。三個知青沒人給送飯，就趁大夥吃飯時間在附近玩一會兒汽槍。這桿汽槍是他們三個人湊錢買的，上個月才拿到手。人嘛就圖個新鮮，汽槍一到三個人都想把槍占在自個兒手上，相互間便有點不大愉快，為避免不必要的矛盾，最後經商量決定將槍和子彈分由三人共同保管的，就是說要玩槍三個人得同時在場才能玩起來，缺一不可。

附近的田野上空始終盤旋著一些鳥，當田野裡的人們幹活時，牠們便繞著田野飛翔；當人們放下農具盤腿坐下來吃飯，牠們便漸落田中，伸著小腦袋在新翻開的土地裡覓食。過去有一個知青曾經將這些鳥幽默地稱之為「貧下中鳥」。李南京還在幹活時就盯上了這群「貧下中鳥」，老隊長歇工令一下，他手疾眼快

搶先從田埂上操起汽槍，伸手跟劉永要了一粒子彈，扳著槍管壓足了勁道再哧地一聲合上，敵後偵察員似的貓著腰悄無聲息摸過去，在很近的距離停下來，單膝點地舉槍向前，屏息瞄了一會兒「叭」地一聲，把一群鳥撲騰騰全打飛了。在一邊的黑子故意放著大聲問：「打著了嗎？打著沒有？」把大夥的視線全引到南京身上。貧下中農們瞧著他們三個都覺得好笑，有人跟他們三個招呼：「一起吃一點吧！」三個人一起說：「不用，不用。」劉永走過去接過槍上了一粒子彈，煞有介事地從田埂這頭轉到田埂那頭，然後很無聊地對著遠處一隻莫名其妙的傻鳥空洞地放了一槍，傻鳥抬起小腦袋瞪了他一眼埋頭繼續覓食。輪到黑子了，他剛接過槍，老隊長端著一個盛飯的罐子走了過來，「你們仨吃一點吧。」說著話把罐子朝他們遞過去。三個人一起推辭，其中兩個人異口同聲地說我們不餓，南京則假惺惺地說：「這可是你的，我們吃了，你怎麼辦？」老隊長從身後掏出一瓶酒朝他晃了一下，「我有這，你們吃吧。」三個人相互看了一眼，同時將手伸向罐子，最後還是被南京搶到了。老隊長席地而坐，擰開瓶蓋仰頭灌了一口酒，緊緊地抿著嘴咽了下去，微微噘著的兩片嘴唇還意猶未盡地相互巴唧了兩下，眼睛便被酷烈的酒性薰燙了。他朝田野的盡頭看了一會兒，掉轉臉問還握著槍的黑子：「這槍好使嗎？」黑子對這樣的問法顯得陌生，稍稍回味了片刻才回答：「好使，特別好使喚，跟鋤頭似的。」「我看看。」老隊長伸手抓過汽槍擺弄兩下，「你們三個誰的槍法好點？」三個人一起說：「我。」老隊長狐疑地看著他仨說：「每天都見你們挎著槍滿地轉悠，可從沒見你們從天上打下來什麼。」黑子就說：「這你就不清楚了，昨天收工回去的路上我們很不當事地打了幾

槍就打了十好幾隻鳥，晚上做飯時都沒燒菜，盡吃麻雀肉了。」老隊長似笑非笑地問：「真的？」黑子臉紅脖子粗地嚷嚷道：「這難道還能假了？不信你問他們倆呀！」南京和劉永便和著黑子的話說：「沒錯，昨天我們盡吃麻雀肉了，有紅燒的，有油炸的，還串了一鍋麻雀醬油蛋花湯呢！」南京說完還嫌不夠，舔了舔嘴唇又討好地補充道：「我們本來是計畫要留兩隻準備帶給你下酒的，後來一不留神就全吃完了」，轉臉對另外兩人說，「下回吧，下回我們多打幾隻給老隊長當下酒菜。」黑子和劉永一條聲地喊著：「對對對，下回一定多打幾隻。」老隊長有點好笑，說：「這樣吧，咱們也別等下回了，你們三個現在就去給我打幾隻回來。」三個人頓時愣住了，劉永支支吾吾地說：「現在不是還上著工嘛！」老隊長說：「你們儘管去，今天工分照算，如果收工前能打到⋯⋯」捏著手指想了想，「十隻吧，三個人如果能打到十隻鳥，今天的工分照算不說，明天也放你們一天假給你們睡覺。」

朝陽繼續向高處攀升，村莊在濕潤的陽光下成長。三個人拖著潮濕的身影出現了，其中一個身影抱著一桿槍的投影。三個身影在村子裡走走停停，從他們身邊的一棵大樹上忽然傳出一聲鳥鳴，三個晃動的身影立刻停住不動了，那個抱著槍的身影小心翼翼地朝著鳥鳴處豎起了槍管，這時他的身影和槍的某一部分的影子重疊到一起，靜止的動作持續並連接起片刻的沉寂，然後從中傳出了「啪」地一響，樹上的那宛轉的鳥鳴戛然而止，接著便是撲騰騰地一陣翅膀扇動空氣的聲響，三個身影和槍集體地「唉」了一聲，聲調中充滿沮喪和失望。其中的一個影子伸手從那個開

槍的影子手中抓過槍，嘴裡不滿地埋怨一句：「什麼水準！」開槍的那個影子不幹了，惱羞成怒地反駁說：「你憑什麼說我？你比我還多打一槍呢，打下來一隻了嗎？」第三個影子就勸：「你們幹什麼？現在是吵架的時候嗎？」兩個影子不吱聲了，三個影子重新晃動而走。往前走沒多遠，一個影子一拽持槍的影子說：「快！那邊有一隻。」持槍的影子在陽光下轉動著腦袋茫然地問：「哪兒呀？哪兒呀？」「那兒，瞧見嗎？嗨！你往哪兒看呢？是那邊，屋頂上！」第一個影子的胳膊在陽光下伸出很長一截，與自己的身體都不成比例了。持槍的影子手忙腳亂地忙活了一陣才找到目標，這邊剛一舉槍，從鄰近一家院子裡竄出一條小黃狗，對著他們汪汪汪地狂吠起來，短小的身影在陽光下勁道十足地蹦跳不停，三個影子被這頭小黃狗攪得六神無主，因怕狗吠驚飛屋頂上的鳥，只得小聲喝斥：「狗日的滾，滾開！」小黃狗愈發覺得這三個影子可疑，更加起勁地狂吠不止，持槍的影子頭腦一熱，掉轉槍口對著小黃狗就是一槍，「啪」地一聲，小黃狗在陽光下跳動的影子一頓，嗷──兒，嗷──兒瘸著腿斜著方向竄出了陽光。院子裡一個聲音喊：「是誰在外面？」三個影子一驚，撒腿跑走了。

太陽在天空匆匆趕路，被最初的光線拉長的房屋、樹木的投影此刻正被一點一點地收縮，三個人和一桿槍在光線中移動，心情則在暗中與時間賽跑，願望中的飛鳥卻依然吸附在瓦藍的天空和飛翔中，並不因槍聲而從天空墜落；千萬隻飛鳥中的十隻死鳥，是三個人和一桿槍的對於幸福的計算。時間分分秒秒地流逝，三個人依然是兩手空空，連一片鳥的羽毛也沒弄到手，於是都有點急了，相互間的埋怨也多了起來，有一次因為一句話不

合，南京和黑子差點打起來，劉永兩邊說了許多好話才勸住。「我們現在共同的敵人是鳥，是麻雀！要把階級仇民族恨記在牠們身上！」他這麼對兩個人說。

三個人身後跟上來一幫孩子，孩子們對於三個人手中的那桿汽槍十分眼饞，嘰嘰喳喳跟前跑後的。黑子心情不好，黑著臉撞了幾次，每次他一撞，孩子們便稍稍退開一點距離，等他們一轉身又快速聚攏過來，數次反復之後黑子累了，也就不再計較了。三個人一桿槍領著一群孩子大軍往前走，劉永一次偶然的回頭時突然發現了一件事，「咦」了一聲便站住了，腦袋半扭著瞧著身後。另兩個人見狀也停下來問：「怎麼了？」劉永指著那群孩子，「你們看那是什麼？」兩個人偏著身子看了一下說：「孩子呀！怎麼了？」劉永手執著地指著說：「你們看看那個，那個赤膊的。」孩子群中有一個光著上身男孩子，看樣子只有五、六歲，長得虎頭虎腦的，他背上還背著一個一、二歲的孩子。劉永指著他說：「看清了嗎？」黑子潦草地看了一眼粗枝大葉地說：「不就是一個孩子嘛，有什麼值得大驚小怪的！」劉永責怪地說：「你看清楚了，那是一個孩子嗎？」旁邊的南京自作聰明地插話道：「是一個孩子背著另一個孩子。」劉永說：「你們可看仔細了！」黑子不耐煩了，說：「有什麼明說就是了，吞吐個什麼勁呀！」南京卻看清了，男孩子背著一個小女孩，女孩子手上抓著一隻麻雀，麻雀被一根線繫在一截細樹枝上。南京眼睛亮了，回頭看了劉永一眼，兩個人心照不宣地點點頭。劉永便向那個孩子招手，男孩子怯生生地過來了。劉永和藹地彎下腰問：「小朋友你是誰家的？」男孩子沒說話。劉永接著問：「你把這隻麻雀給我好不好？」男孩子看了他一眼說：「不！」一直不解

劉永其意的黑子終於明白過來，插進來說：「對，對，把麻雀給我們吧。」男孩子執拗地堅持：「不，不行。」劉永說：「你把這隻麻雀賣給我們吧，我們給你二分錢。」男孩子看了他一眼說：「你騙人！」劉永說：「我不騙你。」話音剛落，男孩子一聳肩「哐當」一聲把背上的孩子扔在了地上，摜得那孩子「哇」地大哭起來，男孩子不管不顧地從她手中搶過那隻鳥，連同樹枝一起交到劉永的手上。劉永直起身子從口袋裡掏了一陣，掏出二個一分的角子給了男孩。男孩接過錢後沒動，看著劉永沒頭沒腦地喊了一句：「我還有。」劉永一愣趕緊說：「在哪兒？快拿來我都要！」男孩子指著天空說：「在天上。」旁邊的黑子一聽就惱了，罵：「小兔崽子敢耍我們，老子抽你！」南京卻聽出了一點頭緒，攔住黑子問男孩：「你會捉鳥？」小男孩虎聲虎氣說：「我會爬樹！」南京說：「那你快去捉，我們買你的。」這時其他的孩子終於看出了門道，七嘴八舌地朝南京他們喊：「我們也會抓鳥，我們不爬樹就能捉到！」黑子聽了喜笑顏開，揮揮手說：「快去，快去，誰先捉到我們就買誰的。」一群孩子一哄而散。那個被摜在地上的孩子也止住哭，爬起來搖搖晃晃地跟著小哥哥跑走了。

　　約模兩袋煙的工夫第一個孩子抓著一隻鳥興沖沖地回來了，接下去孩子們一個跟著一個跑回來，每個人的手中都握著一隻麻雀，其中一個孩子居然捉到一隻喜鵲，三個人沒要，惹得那個孩子委屈地哭了。很快的工夫，十隻麻雀全齊了，他們又讓其中的一個孩子找了一團線將十隻麻雀拴在一起，由南京提溜著往田野向老隊長報功去了。

　　三個人說說笑笑地走著，倒垂著的十隻鳥在一根線上撲扇著

翅膀。出了村口，劉永突然站住了，說了一聲：「不對！」另兩個人不知他又動了什麼心思，站在一邊等他發作。劉永說：「我們應該交多少麻雀？」黑子說：「十隻呀。」劉永更正到：「是十隻死麻雀！」他這一說黑子和南京才反應過來，頓時出了一身冷汗，他們被勝利沖昏了頭腦，差點將這十隻麻雀活生生地提給老隊長。三個人左右一合計，除了當場把麻雀打死之外也沒其它辦法。一發現又有機會開槍，三個人又是一陣莫名的興奮，嘻嘻哈哈地在附近找了一棵大樹，將一串麻雀掛在樹杈間，然後以包剪鎚的方式決定下了開槍的順序。折騰了半天，劉永首先出場了，他在距離那一串鳥三步遠的地方站定，端起槍瞄了一會兒，啪地一聲打死了一隻。第二個出場的是南京，他很興奮，臉色漲得通紅，接過槍壓上子彈，做出電影上一個英雄人物常用的動作，大聲宣佈：「我代表人民判處土匪頭子座山雕死刑！」啪地一聲打死了第二隻鳥。這一極富創意的說辭改進，把一樁本來毫無意義的舉動變得饒有趣味起來，劉永和黑子被刺激得躍躍欲試，劉永直為浪費了一次機會可惜。接下去上場的黑子依照南京的套路，大聲宣佈：「我代表人民判處南霸天的死刑！」啪地打死了「南霸天」。然後三個人依照順序又槍斃了王連舉、鳩山等等惡霸地主日本鬼子以及叛徒。第九隻鳥又輪到南京。他端著槍瞄了一刻，按規矩這時該說戲辭了，他嘴張了一下，又張了一下，始終沒能說出來，劉永和黑子都替他著急，以為他想不出新的壞蛋，紛紛為他出提醒，胡漢三、馬小辮子……南京卻不應聲，持槍的身體長久地持續著，微微地顫抖起來。黑子忍不住了，說：「嘿，你快打呀！」南京的身體更加劇烈顫抖起來。劉永也看不下去了：「別磨蹭了，隨便找個名字打一槍得了。」南

京突然掉轉過腦袋，劉永和黑子一下愣住了：南京的臉上掛滿了淚水，一張臉已經被悲憤和仇恨擠壓得變形了。他咬著滿嘴的眼淚朝劉永和黑子喊道：「我代表自己……判處歷史反革命分子我爸爸死刑！」眼睛一閉，啪地打了一槍……劉永和黑子足足愣了兩分鐘，黑子歎了一口粗氣，走過去揀起槍，壓好子彈端起來，朝樹上最後一隻活鳥瞄了一會兒，放下了，又端起來，嗡聲地說：「我槍斃四類分子郭××！」劉永在後面喊了一聲：「等等！」黑子就回頭看著他，劉永舔了舔嘴唇，說：「這一隻算咱倆的爸爸，你一塊斃了吧！」

太陽升到了頭頂，人的影子被移動到了自己的腳下，已經到了收工時候，從田裡回來的人扛著農具三三兩兩懶懶散散往村子裡走，這時從不遠處傳來一聲槍響，有人便說：「肯定是那三個知青。」

我的右手

在南京有這麼一則笑話。說是有一對青年夫婦常常為經濟的窘迫而埋怨生活並相互爭吵，他們的四歲的女兒有一天問他們，你們為什麼老要吵架呢？大人回答說因為我們家沒有錢。小女孩就說那為什麼不去商店裡買點錢呢？這是一則略顯苦澀的笑話，但是那個小女孩有一種認識是非常正確的，錢是可以自由買賣的，所有的商人其實就是在做著買賣金錢的事兒。

我的公司在鼎盛時期擁有五十多個員工，帳面上每天進出的資金有數百萬之多；工作時間公司裡的電話鈴聲不斷，每個工作人員都是風風火火大叫大嚷地忙碌著，他們不停地將帳面上的資金打出去，再打進來，在進進出出之間，資金的數額就會不斷地增長。可是不知從哪一天開始的，公司的員工陸續地離開了，一個跟著一個，像約好了似的，資金也像員工一樣向外流動再不回來，直到小土也離開之後，我才發現公司裡已經變得冷冷清清了，公司帳面上也是一片空白。他們離開了，卻為我留下了一大堆債務。

我怎麼也沒料到自己竟然會欠下了別人那麼一大筆錢。在此之前我還以為自己是一個謹慎的人呢。按我的認識，這一類型的人一般情況下不大可能一夜暴富，但是也不至於突然欠下別人一大筆錢而不自知。這不應該是我這種性格的人做的事。你們看現在這個自我標榜謹慎的傢伙居然欠下別人如此巨大的一筆債務，

如果讓上帝知道了，準會笑掉門牙的！欠錢的感覺有點怪怪的，就好像有一天一個陌生人突然闖進你的公司，他不跟你打招呼也不看你，只在你的辦公桌前解開了隨身帶著的一個公事包，然後埋著頭往外掏鈔票，一摞一摞地往你的辦公桌上疊著。票面全是一百元一張的，每一摞大致有五千至一萬左右。他掏呀掏呀，掏呀掏呀，桌子上的鈔票越疊越多，越疊越高，最後他再什麼伸長胳膊和踮起腳尖都夠不著了，於是又找來了一架人字梯，爬到梯子上繼續往鈔票上疊著鈔票。你別問一個公事包是怎麼裝得下這麼多錢的？你千萬別問，問了我也不會說的。我那會兒肯定在琢磨這個人是誰呀？他在我的桌子上疊那麼多鈔票幹什麼？當然我不會主動問的，我是一個能沉得住氣的人。看著桌子上突然生出的錢，我坐在大轉椅上一邊狠狠地抽煙，一邊在心中樂開了花。越疊越高的鈔票在疊到天花板後終於停下了。那個人停住手，用袖子抹了一下臉上的汗水，指著一辦公桌的鈔票冷冷地對我說道：「經過嚴密的計算，加上這麼多年的利息，你一共欠我們這麼多錢！」我的腦袋頓時大了，混亂了，眼前的一切飛快地旋轉著，像一根鑽頭似的要把我鑽進地下，打出石油來。等我鎮靜下來，便發現辦公室裡多了十幾個人，其中有做化工原料的大老李、倒賣汽車的老洪，開飯店的劉力乾，搞騰黃金的小四，販賣人口的繆春路，製造大炮的言灝，以及靠拉屎掙錢的于魯江，放高利貸的左明，打悶棍的張小五，偷自行車的員警……他們冷冷地看著我，手裡一律捏著一疊借條。不用看就知道，這些借條上統統有我的簽名。在場的人大多數都是我的朋友，也正因為是朋友，我才可能在不同時期跟他們各借了一些錢。但是他們現在一個個表情生硬，目光冷峻異常。我站起身堆著笑臉招呼道：「幾

位來了，請坐！請坐！」沒人理我，人也沒動彈。我說：「今天
怎麼了？遇到什麼不開心的事了？」老洪首先沉不住氣了，嗡聲
嗡氣地說：「你少跟俺大夥套近乎，那沒用！你只管說什麼時候
還錢吧！」儘管有了一定的心理準備，但是一聽到錢這個字，我
還是慌了。其實我知道今天的情景有點不妙。以前要錢他們都是
單個兒來，今天卻集體出現了，而且首先表明了他們是作為一個
整體的態度。由此看來他們已經形成了聯盟，現在要共同作戰
了。這裡面情況比較微妙，我要解釋一下。對於任何一個欠債卻
又還不出錢或者不想立即還錢的人而言，他並不害怕債主上門要
債，只要這個債主是一個人來，他總能找到藉口和理由使你相信
他仍具有償還能力，從而為自己掙到一定的迴旋餘地，最起碼也
能使債主相信他只欠你一個人的錢，而不至於使你對他的償還
能力喪失信心；可是一旦被發現除了你之外他還欠著別人的許多
錢，嘿嘿，那就完了，那時無論他再如何地口吐蓮花也別想糊弄
過去了。這麼長的時間裡，我其實一直迴避著的正是作為一個整
體出現的他們這一事實，但是今天這一幕還是在我的眼前上映
了。天知道他們是怎麼串聯到一起的？我表面上滿臉笑容，內心
裡卻在思忖著對策。短短的十多分鐘的時間，我的腦海裡閃過了
不下五千種對策，但是又迅速地被自己否定了；面對著八國聯軍
的進攻，就算強大的中華帝國都是一籌莫展的，更況小科乎！
而且中國歷來就有好漢難敵四手的古訓，我非呂布，面對的又豈
止是三英？再怎麼能耐也不至於還敢跟他們玩心計的。我歎了
一口氣，一屁股坐到椅子上，有氣無力地說：「算了，你們看著
辦吧！」話一出口大夥就炸了，紛紛指責道：「你這話什麼意
思？你要無賴呀！」我說：「你們又不是不知道我的情況。這半

年多來我一筆生意都沒做成，平常只看到錢出去，卻沒見過它回來，現在實在沒錢，你們再怎麼逼我也沒用。」他們聽了更不樂意了，說：「怎麼說是我們逼你？是你欠我們的錢，不是我們欠你的！」我說：「我並沒否認這一點，但是我現在沒錢還你們。今天我當著所有朋友的面說一句，只要我帳上一有錢立即連本帶利還你們，保證一分錢都不少給！」他們說：「這話你說得夠多的了，讓我們怎麼還敢相信你？」我說：「這沒辦法，你們只有相信！」他們相互看了一眼。小個子繆春路上前一步朝我亮了一下欠條，說：「你欠我三萬二千塊錢。利息我也不要了，只要你把本錢還我就行了。」他這一說，其他人也紛紛效仿，有的報十萬，有的報三十萬……全都放棄了對於利息的要求。於是在嘈雜紛擾的聲音之中，我面前的辦公桌上突然生長出了一疊鈔票，然後又是一疊，又是一疊；鈔票急速地向上颸升，且越堆越高越堆越多，等他們停下聲音，辦公桌上的鈔票已經堆得怵目驚心了，然後大家都愣住了，包括我自己在內。天啦！誰敢相信呢？一個人竟然在不知不覺中已經欠下別人那麼一大筆錢了！重要的是這麼一大筆數目已經遠遠超出了一個正常人的正常的承受和償還能力，而此時此刻妄圖依賴於愚公移山精神顯然也是不現實和不科學的。這一點在場的所有人都非常清楚。一房間的人沒有一個人再說話，一種不合時宜的寂靜四處蔓延，我已經感覺到了隱藏在寂靜身下的一腔向上升騰的怒火。他們會以這一分火勢把我煮爛，並七手八腳地把我撕碎吃到各自的肚子裡去的。我注意到大老李已經握緊了拳頭，于魯江則向前不住移動著。就在這危險的時刻，人群中繆春路賊眉鼠眼地偷偷地打量了眾人一眼，沒頭沒腦地突然對我說了一句話：「今天是我先說取消你的利息的，所

以你應該先還我的錢！」我還沒反應過來，正移動著于魯江停了下來，冷冷地看著繆春路問：「你說這話是什麼意思？」繆春路反問道：「你說我是什麼意思？」于魯江怒氣衝衝地說：「我不管你是什麼意思，反正我醜話說在前面，老子的錢必須先拿到！誰要是在我之前從這裡拿到一分錢我跟他沒完！」一直在人群中沒吭聲的小四插話說：「你的錢是錢，難道我們其他的人的錢就不是錢了嗎？憑什麼必須是你們先拿到錢？」直到這時我才反應過來，原來他們對我徹底還清債務已經不再抱有幻想，現在只打算搶先一步拿到自己的錢，至於我欠其他人的債則可以不聞不問了，這顯然與他們今天作為一個整體出現的原則不符。我想這應該是一個機會，急忙從椅子上站起來說：「諸位，諸位，請聽我一句話。」劉力乾橫眉豎眼地打斷道：「這裡沒你說話的份，坐一邊去！」我在心裡惡毒地罵了他一句，只好又坐了下來。經過這一插曲，一直爭吵著幾個人終於重新記起他們原是作為一個整體的事實，停下了爭吵，目光一齊投向了大老李。大老李慢條斯理地咳嗽了兩聲，然後對我說：「小科，我們大夥都是多年的朋友。有一點要跟你說清楚，我們今天不是哪一個個人來跟你要錢，而是作為一個整體來跟你算帳的。你呢也別耍什麼花招了，限你一個月之內把欠我們大家的錢還出來，而且要連本帶利一次還清。如果一個月之內你還不出來，那你就跑吧，跑得越遠越好，千萬千萬別給我們找到你！再透露一個消息給你，從明天開始我們誰也不會再來了，只有你的一個老朋友會來照顧你。」他的話音一落，有幾個人嘿嘿笑了起來。不懷好意地那種歹笑。我不知讀者朋友是否聽懂了大老李的這一番話，我肯定是聽懂了。我顫抖著聲音問：「那個朋友是……誰？」大老李微微一

笑，「別著急，明天你見到人不就知道了！」說完話還轉過臉跟其他人擠了擠眼睛，引得眾人又是一陣訕笑。我的冷汗就下來了……

這一天的談話到此為止。接下去他們合夥請我吃了一頓飯。飯桌前他們又變了一副面孔，有說有笑的，甚至還關心到了小土。紛紛勸我說：「你也不小了，找個合適的機會跟小土結婚吧。談了快一年了，再拖下去對別人對自己都挺不負責的。」我說：「是的，是的。如果我還能活到下一個生日准請大家吃喜糖。」然後大家就笑，還起哄似的共同為我的婚姻舉了杯。唉——！如果你們大家看見當時的情景，真不知該作何感想了？

第二天早晨我剛打開公司的門就來了一個人。當時我正埋頭在辦公桌的抽屜裡想找一根香煙抽，房間裡一暗，一個人站在了我身邊。我還以為是來要拖欠工資的員工，剛要說話卻聽見來人叫了我一聲：「趙老闆，早上好！」我一看原來是唐棠。這個唐棠是江湖上一等一的刀客，據說出身於詩書之家，早年還是中國第三代詩人中的一員幹將，後來不知因為什麼吃起了江湖飯，以心狠手快而聞名江湖，被譽為快手唐。「快」有兩種解釋，一是指他出手快。他是玩刀的，從拔刀到收刀，一般只需五秒鐘左右。這種速度連子彈也趕不上；另一快是指他辦事效率。所有棘手的事只要交給他，三五天至一個星期之內保證搞定。我和他之間曾經有過一次業務往來。那是兩年前，我倒了一輛「皇冠」轎車給青島的一個私人老闆。車子交出去半年多車款都沒收上來。那個私人老闆託人帶信給我，說是讓我別指望這筆車款了，並極其囂張地揚言說如果我有膽量，可以到青島去找他要錢。後來經一個朋友介紹，我找到唐棠，談妥價錢他隻身去了青島。一個

星期後他便將二十萬元現金匯票和私人老闆的一根無名指交到了我手上，自己毫髮未傷。至於唐棠究竟有何過人之處，一般人說不上來，我也只見過一次。那是在他從青島回來，我請他在一家飯店的二樓包間裡吃飯。我們先喝的啤酒，喝了二十多瓶後，席間突然出現了兩隻蒼蠅。這兩隻蒼蠅像認識我似的，一直繞著我飛，一會兒停在我的耳朵上，一會兒又往菜裡鑽，我伸手趕了半天也沒將蒼蠅趕走，嗡嗡嗡的聲音攪得我六神無主，最後實在火了，大聲叫起了飯店服務員。一直默不作聲的唐棠這時突然說了一句：「交給我吧。」我還沒反應過來，他的手中已經多出一把小刀，眼見著半空中寒光一閃，嗡嗡嗡的聲音突然停頓了一下，然後就徹底消失了，他面前的桌子上同時多了四截黑乎乎的東西，是兩隻蒼蠅的斷屍。這份功夫使得那天在座的所有人目瞪口呆，但是唐棠卻像沒事人似的，抓起一張餐巾紙將蒼蠅包起來握成一個小紙團，一抬手從窗戶裡扔了出去，那柄小刀早已不知了去向。從那次之後我就再沒見過他，想不到兩年過去了，他居然像一隻毫無預兆的蒼蠅似的來到了我面前。我起身招呼他：「哪陣風把你吹來了？」他沒答話，伸手遞給我一樣東西，說：「送一條煙給你抽。」我接過香煙一看，正是我一直抽的那個品牌。就說：「難得你還記得。不過來看我也沒必要帶東西，這樣就外了！」他依然笑著沒答話。左右環視了一眼，忽然說了一句：「你這兒跟兩年前比可冷清多了。」這話說得我鼻子一酸，差點沒哭起來。我強忍著辛酸敷衍著說：「還行吧，能湊合！」他沒再說話，揀了一張稍乾淨一點的單人沙發坐了下來。我打開煙盒取出一包煙，彈了一根給他說：「借花獻佛。」他接過煙放在鼻子下面聞了聞，我伸出打火機要給他點煙，他搖了搖頭拒絕

了,「我已經戒了一年多了。」我就笑,說:「我聽過許多人說戒煙,可一般只能戒個三兩天,最多一個星期半個月的,還從沒見一個人能戒半年以上時間的。」他不置可否地一笑,沒說話,又舉著香煙聞起來。我點上煙,狠狠吸了一口,一股意料之中的氣味頓時充斥了我的肺部,然後又通過口腔和鼻腔豐富了我的呼吸,焦躁的心緒暫時緩解了一點。我吐著一口煙問他:「你還沒告訴我今天怎麼來我這的?」他將香煙從鼻子下面移開,淡淡地說了一句:「從今天開始我上你這兒上班。」我聽了一愣,連忙說:「別開玩笑!五十多個員工已經被我裁得一個不剩了,連我自己也是自顧不暇的,根本雇不起你。」還自作幽默地補充了一句,「何況現在我這裡也沒有蒼蠅。」他一笑,說:「是別人雇我來的,不需要你付工資。」我說:「你這話是什麼意思?」他說:「就是別人出錢讓我來幫他們收款。」「收款!什麼款?」話一出口我頓時意識到了,試探著問,「是……他們?」唐棠點點頭。我的心情頓時亂了,一種失望緊緊裹住我,旋渦似的急促下沉;這是雙重的失望,首先它是針對我那些朋友的。我沒想到他們真會對我施出這一招。要知道許多人跟我可是從小玩大的哥們,難道現在僅僅為了一筆錢就可以翻臉不認人地把我往刀鋒上逼?另一層的失望則是針對唐棠的,我跟他之間畢竟有過一次業務往來,並且合作得非常愉快,也待他不薄,上回付給他工資的數額是當初允諾的一倍。多出來的錢顯然是對雙方可能存在和發展的友誼的暗示和補償,這一點他應該十分清楚的。現在怎麼能置我們之間的那段友誼不顧,幫著別人來對付我呢?難道現今的世道真的是只認錢不認人了?難道我真的是老了,已經跟不上了生活的節奏變化?我狠狠地抽煙,一口接一口不停頓地抽,眼睛

則緊盯著唐棠，像要喚起他對我們之間曾經友誼的回憶。但是並沒有成功，他冷冷地與我對視著，視線中一股力量緩慢而堅定生長。最後我堅持不住了，一抬手扔掉煙頭，順勢用腳踩滅，然後問：「你準備怎麼對付我？」唐棠依然冷靜地說：「他們讓我先跟你一個月，一個月之後如果你還不肯還錢，我就帶著你的右手離開。」他的語調平靜舒緩，像在說老太太們的針線和鈕扣。我終於忍耐不住了，一種膽怯抑或絕望使我不顧一切地大吵大叫道：「他媽的他們究竟給了你多少好處，讓你這麼賣力！你說他們究竟給了你多少，我翻倍給你！」唐棠搖搖頭，「這恐怕不大好。我既然先拿了他們的錢就要先為他們把事辦了，這是職業道德，這話請你以後別再提了，再說假如你現在真有錢了也應該先把錢還給雇我的那些人，等這一切了結了之後你才可以雇我。」我說：「去你媽的！你少跟我談什麼雞巴職業道德。你他媽是什麼東西，不就是一條狗麼！誰給你一塊骨頭你就向誰搖尾巴，還他媽黃鼠狼跑到槽子裡冒充大叫驢！」唐棠的臉色頓時變得煞白，眼神裡透出一股殺氣，鋼針似的直刺我的身體。我也豁出去了，指著他罵：「你別他媽裝橫！不就是一隻右手嗎？我給你，我現在就給你，你拿去吧，拿去！」我一邊嚷嚷著一邊將右手伸到他面前。他呼地從沙發上站了起來，嚇得我向後一跳躲開了。他並沒有追上來，右手一動再動，最後還是停下來，垂眼低眉地一屁股坐回到沙發上，說了一句：「現在不是時候，你暫且留一段時間吧。」重新將手中的那根香煙橫在鼻子下面。

　　一個上午我們之間沒再說過一句話。中午時唐棠出去賣了兩個盒飯，分了一盒給我。吃完他就靠在沙發上打盹，不再跟我說話了。我在房間裡走來走去，思忖著該幹點什麼，卻發現什麼也

沒法幹，什麼也幹不了。對於一個生意人而言，尤其是一個曾經算是成功的生意人而言，他的生活內容及其細節都是與他擁有的金錢相連繫的，金錢的數額將決定他擁有多少的實際生活內容和細節。一個擁有一萬塊錢的人的生活內容與一個擁有一百萬財產的人生活內容是完全不同的。一萬塊錢的人的交通工具是自行車，而一百萬的那個人的交通工具是飛機；一萬塊錢的人渴望結婚，而一百萬的人則渴望離婚；一萬塊錢的那個人每天打電話不會超過二十人次，而擁有一百萬財產的那個人每天打的電話肯定不會少於八十人次；一萬塊錢的那個人每次打電話的時間不會超過三分鐘，而一百萬的那個人每次通話的時間肯定不會低於十分鐘……他們之間唯一可能相同的一點在於，他們每天在生活中所進行著的一切內容，僅僅是為了或者是因為——金錢，至於他們每天的生活究竟需要多少金錢的支撐，或者說每天究竟需要掙多少的金錢？這個問題其實一點都不重要了，重要的是一旦沒有了金錢，他們則肯定就沒有了生活，這是一條真理。像我現在，身上已經連一包香煙錢都沒有的人——生意人，幾乎什麼事都無法幹。所謂的朋友或者夥伴抑或同志都已經隨著你流逝的金錢而消失了。這麼多年來，我每天最重要的一項生活內容就是打電話，平時從一上班到晚上睡覺前，一刻不停地打電話接電話；辦公室裡一部電話，家裡還有一部電話，平時手裡還有一個手機，腰裡還有拷機，即便如此依然覺得不夠用，很不得在衛生間裝一部，飯桌上再裝一部，被窩裡裝一部，睡夢中再裝一部，車裡裝一部，電梯裡再裝一部，婚姻中裝一部，愛情中再裝一部，與情願和不情願的造愛中各裝一部；當你拿起一個話筒談的是孩子，拎起另一個話筒時已經是鋼材了，接下去還有愛、化工原料、大

米、汽車、尿素、車皮、新聞紙，你被這些電話一刻不停地牽扯著，一會兒去請人吃飯，一會兒給人送禮，以及談判、洗桑拿浴、換美元、辦護照甚至昧著良心與某個局長的女兒或者女人調情、上床，而這一切僅僅因為你所擁有的、以及別人擁有的但是有可能最終轉化為你的──金錢。僅僅因為以上的這一切，你必須將自己更改為一具木偶，心甘情願地被一根無形的線扯動。就是這樣。但是一旦你沒有了錢，那麼首先別人的錢已經沒有可能再轉化為你的錢了，同時你也失去了以上所有這些曾經使你焦頭爛額抑或豐富充實的生活內容和一切的細節。那時再沒人會給你打電話，你也沒有必須打電話的對象或者藉口，唯一會給你打電話的人只是你曾經的朋友夥伴和同志，他們讓你、請你、懇求你、威脅你、鼓勵你把欠他們的錢一個月之內全部還清，否則將由唐棠來找你。就是這樣，僅僅是這樣。我桌上的兩部電話機已經被電信局掐斷了，那是欠了電信局太多的電話費的緣故，現在如果我要打電話只能去到外面的公用電話亭，而且還必須按每三分鐘三毛錢付費，可我現在連三毛錢也沒有了。

　　唐棠還在沙發上打盹，桌子上那兩部電話機像模像樣地待在那裡，馬上就會響起似的，我屏住呼吸等待了一會兒，電話終於沒響，也算不錯，這使我得以重新地自由呼吸。在房間裡又轉了兩圈，我決定出去走走，一隻腳剛踏出房門，眼前人影一晃，唐棠已經擋在我面前。「你去哪兒？」我說：「我去哪兒關你屁事！」唐棠說：「話不是這麼說的！如果在這之前，你去任何一個地方都跟我無關，但是現在我有權知道。」我說：「我想去上廁所。」唐棠狐疑地看了我一眼說：「你公司裡不就有衛生間麼。」我說：「我習慣上外面的廁所了，在自己公司裡我拉不出

屎來。」唐棠沉吟了片刻說：「那好，我陪你去。」我說：「我幹嘛要你陪我去？我離了你又不是拉不出屎來！」唐棠冷冷地說：「不僅是上廁所，從今天開始你吃飯睡覺上班下班我都必須在你身邊。」「為什麼？憑什麼？」唐棠說：「你應該知道是為什麼。」我說：「你明說吧，你究竟想幹什麼？」「錢。」唐棠像似用牙咬出的這個字。我說：「我沒錢。」唐棠說：「那就要你一隻手。」補充說，「兩樣中你只要交出一樣我馬上就走，否則就等一個月之後由我取你的手！」

　　唐棠就此成了我的一個影子，從這一天開始，我無論在哪裡，在幹什麼，處於何種狀態下，身邊必定有一個影子一樣的唐棠，甩都甩不掉，他就像我的影子一樣甩都甩不掉，直到一個多星期之後才勉強習慣下來。可這邊剛剛習慣一個影子，另一邊便為自己的右手擔心起來。幾天裡我倍加珍惜自己的右手。這只對於我們每一個人而言絕對是唯一的右手啊，它從我們的身體自由地生長出來，帶著上帝對我們的祝福，勤勤懇懇任勞任怨而且一聲不吭要陪伴我們一生的時間。從我們呱呱墜地的那一刻起，它便以自己的忠誠而出現在你的右胳膊上，並在母親和護士的注視下微微動彈起五根手指，代我們向她們並且向這個世界招手致謝。隨著時間的推移和我們的長大，這隻右手相應地變化並完善自己而無需你餵它食物和營養，也不要求你給它發薪水，更不會和你的左手爭風吃醋鬧矛盾。當生命終結時，我們常常會為自己一生中的一些錯誤反省，卻從沒有人會為自己曾經虧待過的右手懺悔。想想吧，在一生的時間裡，那隻忠誠的右手究竟為我們做過多少事？我們用它寫字、拿筷子、撥電話號碼、抽煙、握手、掏錢、貼郵票、下棋、開車時掛排擋、洗臉、放影碟、做小動

作、抓壞蛋、殺鵝、開鎖、搶劫、殺人、打乒乓球（左手握拍不算）、倒開水、斟酒、舉杯、玩電腦遊戲、敬禮、刷牙、舉手發言、掰手腕、抽耳光……「伸出你的手，伸出我的手，讓我們做個朋友做個朋友……」歌曲裡這隻即將伸出的手肯定是一隻右手；「輕輕地捧起你的臉，為你把眼淚擦乾……」前一個動作是左右兩隻手相互配合的結果，後一個「擦」字准是一隻右手的工作；「向天空發射三顆紅色信號彈，讓它們照亮中國的山河！」那三顆紅色信號彈絕對是由於右手的食指扣動手槍的板機才發射上天的；當我們還是一個孩子，當我們扳著手指終於數到「十」，當我們為此遭受大人的一頓褒獎……你看這一切都源於右手，一切都來自右手，一切都只是右手。說一句不大好聽的話，就是你去強姦一個女孩子，如果沒有右手的努力和蠻橫，那麼成功，肯定是癡心妄想！想想在一生的時間裡，我們曾忽略並虧待過一隻怎樣優秀的右手？它生長並連接我們的胳膊，它忙碌並在生活中晃動，它帶來了期望中最為隱秘的那一部分卻從沒離開過……可是再過十多天，那些無數活動中的、只屬於我個人的一隻右手將被一把快刀從我的胳膊切除，從此我和我的右手將像一對初戀的情人，揮淚而別再無重逢之期。你們看，我和我的右手還未真正分開便已開始了相互的疼痛和懷念。

　　有一天依然是中午時分，我和唐棠正在辦公室裡吃飯，吃著吃著我突然地傷感起來，將右手的筷子交到左手上，笨拙地繼續著吃飯的動作。左手的執筷的感覺極其地彆扭，好像你的嘴巴和你的手突然地被區分和隔離了，那種感覺就好像你是在用一隻別人的手餵著一張並不存在的嘴巴；你伸出筷子原想夾一塊瘦肉的，可是筷子夾到的是一根青菜；本來你打算將這一根青菜塞進

嘴裡的，可是筷子上的青菜卻老是在你的鼻子上和下巴的部位來回地動彈，引得你長時間地大張著嘴巴卻不能閉上。在一旁的唐棠看著有趣，好奇地停下筷子問：「你這是幹什麼呢？」我停下青菜瞟了他一眼，沒說話，然後繼續著那一根青菜的動作。唐棠說：「你究竟搞什麼鬼？」我還是不回答，唐棠就不問了，他照著我的樣子也把筷子交到左手，用左手嘗試著自己的吃飯，似乎想實際考察一番這個動作裡是否隱藏著更深一層的意思，結果也和我差不多，接連吃了兩筷子的飯菜，卻什麼也沒吃到，最後他終於察覺到了一點什麼，長歎了一口氣，將筷子重新交回到右手，埋頭狠吃起來。

在距離約定還錢的時間還剩下三天時，我請求唐棠陪我去看了兩個女人。第一個是我妻子。我是半年前和她分手的。在從家裡搬出來的前一天晚上，我們最後在一起過了一夜。那是悲痛欲絕的一夜，她在我的懷中哭啊，哭啊，自始至終的眼淚和眼淚。現在我一想起她，呈現給我記憶的依然是肝腸寸斷地哭泣和哭泣。那天我和唐棠是打的去的，半路上我又跟唐棠要了一百塊錢給她買了一瓶香水。到了目的地後卻沒找到她。原先的那一間房間住著另一戶人家，我打聽了半天才知道我妻子是和這戶人家換了房子，現在她住在郊區附近的一處房子裡。新房客是一個熱情細緻的人，他為我們寫了一個位址還畫了一張路線示意圖，我和唐棠按圖索驥找到郊區的那所房子，剛登上樓梯便發現房門上貼著一對大紅的「喜」字。看見這個「喜」的一剎那，我的心一陣急跳，猶如即將熄滅的火苗的最後舞蹈，隨即停下腳步手扶著牆站住了。唐棠走上前去摁響了門鈴。門開了，一個三十多歲的男人站在門前問：「請問你們找誰？」唐棠回頭看我，我朝那個男

人點點頭，「請問鞏俐住在這裡嗎？」那個男人一愣，「鞏俐！哪個鞏俐？」我不耐煩地說：「中國難道還會有第二個鞏俐？」那個男的反應過來，說：「你是說電影演員鞏俐？她怎麼會住我們這兒？報紙上不是說她已經去香港結婚了嗎？」我轉向唐棠，「看來我們的消息不準確。」唐棠會意地點點頭說：「那回去再查一查吧。」我再次對那個男人說：「對不起我們可能搞錯了！」那個男人說：「沒關係，沒關係。」我們匆匆離開了。

重新上了一輛的士，唐棠好奇地問了我一句：「你妻子到底叫什麼名字？」我說：「反正她不叫鞏俐。」唐棠知趣地停住了口。計程車司機這時問了一句：「你們去哪裡？」我報了一個地名，然後車子就跑了起來，三個人再沒說話。二十分鐘後我們來到了小土的家。

小土是一年前進公司的。她對公司殫精竭慮忠心耿耿。有一次為了和徐州的一家客戶簽訂一個供貨協定，我帶著小土請他們吃飯。席間那幫徐州來的鄉巴佬像戀花的蝴蝶，繞著小土紛飛不停，又是勸酒又是言語挑逗的。小土的酒量並不大，何況那天還是喝的六十度的白酒，兩杯酒下肚就暈了。徐州人見狀愈發地起勁，並無賴地揚言，如果小土不喝他們就不做這筆生意了，小土只好硬著頭皮一直陪他們喝到最後，酒到杯乾一點都不含糊，直到把三個徐州人都喝倒下了才結束。事後小土在醫院裡住了一個多星期。正是由這次喝酒，最終使我下定決心與妻子分手而與小土走到了一起。從那時起我知道自己這輩子再也離不開她了。嚴格地講，這時不僅是我，事實上公司本身也離不開小土了，後來許多的客戶完全是衝著小土來的。在人緣上小土的口碑極佳，公司裡的員工以及所有與之打過交道的客戶沒有一個不誇她的，就

連我極挑剔的妻子在見了小土一面之後也是無話可說。曾經有一個香港老闆在與公司有業務往來的過程中認識了小土，只一面便被小土迷住了，前纏後粘地許諾要花高薪把她挖走，並真的在工行為小土存了一大筆錢。小土卻沒動心。本來照理說有了小土這樣一個得力助手，加上這麼些年建立起來的基礎，公司的經營應該蒸蒸日上才是，可事實上卻是相反。公司的經營一日不如一日，儘管我和小土以及公司的員工吃盡了辛苦卻不見一點收效，接連的幾筆業務失敗後，公司的根基動搖了。一個月之內裁減了近一半的員工，又過了半個月公司的帳戶被銀行凍結，公司終於徹底垮了。小土是最後一個離開公司的。當時我們說好，等一段時間我重振旗鼓時她再回來。接下去就是債主們上門逼債，唐棠出現。這一段時間我再沒見到小土，本來我以為她會來看我的，但是直到今天她始終沒有再出現。

　　小土是支邊人員的子女，父母都在新疆，她和外婆住在一起。外婆是一個善良的老人，對我也很好，常讓小土叫我來吃飯。我和唐棠來到她們家時，外婆正坐在門口揀菜，見到我她很高興，拉住我的手連聲埋怨說：「小科，你怎麼這麼長時間不來外婆這兒呀？你看你都瘦了，都瘦成這樣了！」我沒心思跟她寒暄，張嘴問道：「外婆，小土呢？」外婆疑惑地說：「她不是在公司上班嗎？你怎麼不知道？」我一驚連忙說：「我剛從外地出差回來，沒來及回公司。我還以為她在家呢！」外婆說：「小科啊，不是外婆說你，工作不能那麼拚命的！小土每天加班到夜裡，早晨七點不到又要出門去上班，一天只能睡四個小時，你應該多照顧照顧她……」我越聽越覺得有點不對，幾欲張嘴問問情況，想想還是忍住了，匆匆告辭了。到了大街上找了一個公用電

話，我開始給小土的朋友和同學以及熟人打電話詢問小土的下落，挨個兒打了一輪電話，卻沒人知道小土的去向。打完最後一個電話後，我便在電話前犯起了傻。在我打電話的過程中，唐棠自始至終地陪在我身邊，等我停下來後，他好奇地問了一句：「你找的那個小土是不是叫李小土？」我一把抓住他，「你認識她？她在哪兒？快說！」唐棠抬手把我的手輕輕揮開，說：「我勸你別找了。」我說：「你這話什麼意思？你得給我說清楚！」一伸手又把他的衣領抓住了。唐棠有點惱火，再次抬手揮開我的手說：「你給我放老實一點！」我這時的情緒已經接近瘋狂，根本沒體會到他言語中的威脅成分，躦身而上再次伸手準備去抓唐棠，他微微一側身，順勢輕輕一帶，我收勢不及，一個嘴啃泥栽到在地上，然後迅速從地上爬起來，低頭朝他的腹部猛撞過去，他靈巧地一個滑步，人已經繞到我的背後，一抬腿狠狠一腳踹在我的屁股上，又給了我一個狗吃屎……就這樣我爬起來倒下去，倒下去再爬起來，最後，唐棠被我不要命的架勢鎮住了，不敢再摔我了，只拚命地躲閃，一邊躲閃還一邊叫：「你他媽瘋了，我又不欠你小土……」我不說話，像個鬥紅眼的公雞，一遍一遍地朝他撲著，終於有一次得到一個機會把他緊緊抱住了。他在我懷中一邊掙扎還一邊試圖跟我解釋，可說著說著就洩氣了，說：「好吧好吧我告訴你告訴你……」後來唐棠帶我去了一個地方，那是于魯江的公司。于魯江是做尿素生意的。以前我們常譏諷他是靠拉屎賺農民的錢，還細緻地描繪他的工作內容就是跑到農民們的田裡，在每一棵莊稼邊上拉一泡屎，拉完一泡就起身跟農民收一份錢。到了公司後，唐棠留在大門口等我，我則直接闖進了于魯江的辦公室。正是上班時間，公司的工作人員忙忙

碌碌的,但是總經理辦公室的門卻是關著的。我走到門口嘭嘭敲了兩下門。裡面有人問:「誰呀?」我不回答又敲了兩下,門開了。來開門的是于魯江,看見我他大吃一驚,完全是本能地就要關門。我一伸手把他推開,闖進了房間,一眼就看見了依窗而立的一個熟悉的背影。她背對著房門正在整理衣裳,然後又伸手理了理頭髮才轉過身來,看見我的一刹那她身體一顫,臉色立即變得煞白,嘴長時間地張著再也無法合攏。我注視了她一會兒,轉臉對站在身邊的于魯江說:「我一般情況下不要求員工們晚上加班。」說完緩緩退出了房間,隨手帶上了房門。

回公司的路上我一聲不吭,一貫沉默的唐棠則不停地安慰著我。他說:「你不能要求一個女人太多,她們有權選擇自己的生活。我要是她也會這麼選擇的!」我朝他笑了笑,是真誠的帶著謝意的微笑。我不否認我的傷心,不一定是為自己,而是為自己的右手。一具美好的軀體上曾印滿了我右手的痕跡,可是現在那個身體卻背叛了、背叛了一隻充滿愛意的右手,它以承認另一隻右手的事實對曾經的那一隻的右手進行否認。僅此而已。

這一夜我沒睡覺,在一張燈光的椅子上一直坐到天明。天快亮的時候,我爬上樓頂。樓頂是一個大平臺,面積有半個足球場大小。我面朝東方佇立。東方的天際泛起一層魚肚白,並逐漸地增強著亮度;從它的邊緣變幻而出的一絲暗淡的紅色為明亮鑲嵌了一道金邊,並一點點地向上蔓延並彌漫著,純粹的顏色被明亮稀釋,最終形成了一輪火球燃燒著的雲層和東方。那一輪火球長久地在雲層之中徘徊、滾動,以此積攢著生與死的力量,並經歷著偉大的猶豫。當最後一秒來臨,它倏地掙脫了雲層的挽留升上天空,火紅的光芒水一般澆濕了城市裡的樓頂、街道、樹梢包括

我，暖暖地又帶有一絲潮濕的意義，一切豁然開朗而無需再作解釋……我從腳下揀起一個石子，在手中掂了掂，一揚手扔到樓下去了；我的眼睛緊緊追著這枚無奈的石子，看著它由上而下一路狂奔，還沒完全落到堅實的地面便已經脫離了我的視線，可我依然判斷得出粉碎將是它命定的結局，而且大街上活動的人們絕不會因為一枚石子粉碎了而改變運行的線路……

按我事先的設計，我應該兩眼一閉跳下樓去，任由自己的身體像一枚石子一樣急速地向地面飛奔……可是事實上我卻沒能如自己所願，當我面臨生死邊緣時我才發現自己其實更是一個怯懦的人，我並沒有勇氣選擇死亡的。所以我又活下來了，一直活到今天，看樣子起碼還能再活上個三五十年。

我的故事說完了，最後需要補充的事是有關唐棠的。在我重新活下來的兩個月之後，唐棠死了。他是在去西寧為另一個私人老闆收債時被對方的人亂刀砍死的。在聽到這個消息的當天夜裡我做了一個夢，我夢見自己大搖大擺地走進了一家百貨商店，親切地對一個紮長辮子的女營業員說：「我要買五萬塊錢，要一百元一張的！」

當初將她放下的地方

　　詩人金星用一根電源線勒死了自己的母親。

　　金星是由母親一手帶大的，他三歲多一點父親便去世了。或許是艱難識事的緣故，金星從小就很懂事，無論在生活還是學習上從沒讓母親多操過一點心，尤其在學習上更是自覺自律，從小學到中學再到高中他的成績始終排在全年級的前三名，母親也對他寄予了莫大的希望，希望他今後能考上大學並在生活上有一番作為。可事與願違，高三的那一年金星沒來由地迷上了詩歌，躍躍欲試地做起詩人夢，從此事態急轉，首先是成績直線下滑且一落千丈，母親為此痛心疾首，苦心孤詣地想盡各種招數想把他從詩歌的沼澤地解救出來，勸說、利誘、裝病、嚎啕無所不用其極，可金星鬼迷心竅的歸然不動。就這樣迎來了當年的高考，金星被母親死拖活拽地懶牛病馬一般地趕進了考場——為了詩歌他連高考都準備放棄了——考場倒是進去了，但是考試本身則是母親無力左右的。等金星的高考成績一出來母親氣得差點一頭撞死，成績差是肯定的，令母親感到不可思議的是有一門課的成績居然匪夷所思地得了個零分，那是因為當時在考場上金星的靈感突現，三個小時的考試的時間全被他用來寫一首詩了。金星就這樣以一個詩人的姿態走出了校園徹底結束了自己的學生生活。母親強吞苦水認下了這個傷心的結果。既然大學沒有考取那就給他找個工作吧！毫不容易託人給金星找了一個單位，金星卻不肯去

上班，還振振有詞地宣稱自己要做一個職業詩人，這輩子也不會
從事任何與詩歌無關的職業。再逼他他就要賴，又是絕食又是自
殺的無賴至極，因為害怕真的鬧出人命來，母親只得選擇暫時性
的妥協。她橫下一條心決定讓金星先過足詩人癮之後再說其它的
事。按她私下裡的估計這一份時間應該不會太久，充其量也就是
一二年的或者三五年的時間吧！可事實證明她又錯了。金星占
著這個夢一做就是就是十多年直到生命終結也沒有睜過眼。不
工作倒也罷了，可誰知後來金星在詩歌之餘又發展了另外一種
興趣，戀愛，正是由於這後一種的愛好，最後導致了母親命喪
黃泉。

　　可能是因為自己的家距離一所大學較近的緣故，金星的戀愛
對象從頭至尾都是一些在校的女大學生。這對於一個從沒有過大
學經歷的人而言絕對是一種奇跡。在近十五年的幸福時光裡，
他陸陸續續一共往家中帶過三十多個女大學生——這可能是他在
三十多年的生活中所取得的最大的成績——幾乎是每半年一個。
自打開始戀愛之後，母親與金星之間的矛盾焦點迅速地由詩歌及
工作轉移到了他的愛情上來了。母親是一個老套的人，對於男女
關係中的朝三暮四的行為尤為憎恨，這麼多年來她對金星說的最
多的一句話就是：要是在過去像你這樣就是一個流氓，是要被公
安局抓起來判刑的！當然說歸說做歸做，她並沒有因為對金星有
所不滿而去公安局告密，這已經不錯了。在金星的印像中，這十
多年的時間裡母親的臉始終是扳著的，透出一股冰冷、堅硬、毫
不通融的質地。但凡有女孩子來他們家，母親總是扳著面孔對她
們不理不睬的。後來金星得知，與他有過交往的女孩子們當時對
母親普遍存有一絲敬畏，因為這一份敬畏，使得她們在進駐他家

時都是戰戰兢兢的，大多數時間也只是蜷縮在金星的房間裡，輕易都不敢上衛生間——因為那樣就有可能在客廳遇到母親，只是在實在憋不住的時候才作賊一樣先將房門推開一條縫隙偵察一番，如果發現母親不在客廳便立即衝進衛生間三下二下解決掉身體中的積壓物質再風一般地捲進他的房間。

大多數女友都是這樣，那些大二或者大三的女學生從來都是這樣，除了蘇爾。

蘇爾是金星有限的生命過程中的最後一任女朋友。當蘇爾出現時金星已經三十歲了，距離中學畢業也有十六七年的時間。這一份時間足夠成熟一大批兒童或者使更大的一批數量的老人喪命，但是對於金星卻沒有任何作用，他幾乎還停留在十七年前的時光中，面相稚嫩表情一如少年般地曖昧不清，就像被時間遺忘了或者遺漏了一般，再或者經詩歌與愛情的相互融合之後形成了一種時間的抗體，使他得以被生活長久地擯棄一旁。金星和蘇爾是在校園的小吃攤上認識的，當天晚上金星就把她帶回了家。蘇爾來金星家的第一件事便無限快樂地跑去母親的房間打了一個招呼。母親當時正在另一間房間裡用一台「小霸王」遊戲機玩著「俄羅斯方塊」。這是她最近半年來新發展出來的一項興趣。平時一沒事便戴上老花眼鏡端坐在電視機前雙手端著操縱器玩得不亦樂乎。母親對於遊戲的態度端正且投入，一玩起來便沒完沒了的，興趣上來時連廁所都顧不得上，身子被憋得一陣陣顫抖，就是捨不得摁一下暫停鍵。那天蘇爾進去跟她打招呼，她扭過頭面無表情地看了蘇爾一眼，又將臉轉向了電視上的遊戲畫面。蘇爾再回來時牙齒緊緊咬著嘴唇，臉色發青。母親和蘇爾從此結怨。

讓母親始料未及的一點在於她對蘇爾有一種觀念上的錯誤估

計，以往成功的經驗害得她對於蘇爾喪失了起碼的辨別能力，在她看來所有被金星帶回家的女孩子都應該是大二大三的學生，而所有大二大三的學生都應該對她保持某種心理上的畏懼。當然她最初的判斷並沒有錯，蘇爾的確是大三的學生，可她卻與以前被金星帶回家的任何一個大三的女生不同，性格上有一種遇強愈強遇弱也弱的特質。兩個人的戰爭由此而起。蘇爾在生活中是一個沒有細節的人，丟三拉四顛四倒三的常沒個准數，譬如有時候人睡在金星的房間裡，早晨起來時卻發現胸罩掉在昨晚客廳裡的沙發上，或者上了衛生間忘了沖水，看電視時則劈劈叭叭一個勁地換頻道等等，除此之外蘇爾還另有一大毛病，她平時喜歡抽煙且不知避諱，經常手裡夾著一根香煙在客廳裡走來走去的。母親有一次實在看不下去了，委婉地嘟囔了一句，小女孩抽什麼煙！蘇爾立馬不高興了，硬硬地回了她一句，我抽的是女士型煙！母親被她氣得咯地一聲打了一個響嗝兒，啞口無言。眼見蘇爾難以收拾，不甘心受氣地母親便重新動起了整治金星的念頭。有一天趁蘇爾在場她舊話重提，說是為金星聯繫了一家單位，是一家私營的電腦公司辦公室主任，要金星隔天去上班。金星還沒來及表態，蘇爾已經忍不住發表意見了。這怎麼行！他怎麼能去工作？母親冷冷地看了她一眼，他為什麼不能出去工作？蘇爾說他是詩人，詩歌才是他真正的職業！母親冷笑了一聲，靠寫詩能養活他自己嗎？蘇爾說即使現在不能，以後也肯定能！母親再問，萬一以後他仍然無法養活自己呢？蘇爾斬釘截鐵地說，那我來養他！母親不屑地哼了一聲，你養她？哼！你拿什麼養她？這一份不屑極大地刺激了蘇爾，她的臉色剎那間漲得血紅，衝動地說了一句，哪怕做妓女我也要養他！

表面上看金星弒母的悲劇是因為蘇爾的出現造成的，但是如果將這份責任全推在蘇爾身上似乎不盡公平。在金星被警方拘審期間，我曾以一個記者的身份去監獄採訪過他一次。我想知道究竟是什麼原因使得一個詩人喪心病狂竟然向自己的母親下了毒手。但是那天的採訪卻失敗了，金星始終不願回答與此案有關的任何話題，但是卻主動說起了曾經的一段情感經歷。

　　怎麼說呢？多年以來母親從沒有對金星的情感生活直接承擔過責任，也從沒有在這方面為他提供任何的一點便利。二十歲那年金星喜歡上了她一個老同事的女兒，低聲下氣地求她把那個女孩家的電話號碼給自己，卻遭到了母親的斷然拒絕。你還小呢，現在考慮這種事太早了！二十五歲時一位老鄰居來為他的女兒提親。他女兒是某銀行的職員，人長得挺漂亮，曾經參加過第一屆「南京小姐」的評選且名次靠前，重要的一點是那時金星剛剛經歷完一次情感短路，心裡特別渴望一份能有結果的戀愛，因此在他看來那一次絕對是一份天時地利人和絕佳的機會，但是母親再一次回絕了，這一次她的理由更是荒唐，居然當著金星的面對別人說，他（指金星）連一份固定的工作都沒有，將來根本無法承擔實際生活責任的，你們還是找別人吧。事隔多年之後有一天金星在大街上遇到那個女的一次。那天她牽著四歲的兒子──她的兒子已經四歲了──剛從「肯德雞」出來，他們就站在「肯德雞」的門口聊了起來，透過一扇落地的玻璃門窗能看見裡面狼吞虎咽的孩子和端坐一旁的年輕的母親──那麼多的孩子和他們的母親──肯德雞！她上個月剛剛和做生意的丈夫離婚，出於對現實生活的一份沮喪而對曾經發生在他們之間的一段可能的生活懷有某種善良的憧憬和預測。她反覆地慨歎，如果當初他們能夠

在一起什麼什麼的；而金星特別喜歡她的兒子。小傢伙長得愣了巴嘰的，和金星一見如故，直到分手他都一直騎在金星的脖子上，兩隻手錯落有致蹦蹦地在金星的頭上敲著節奏的鼓點，一份隱晦的親情便順著這一份節奏在金星的身體內部血液一般地奔突起來，突破了骨骼與所有的關節限制，一份錯覺驅駛著金星在五年前的時間中狂奔，讓他真切地覺得五年之後的自己站在「肯德雞」店門口扛著的正是自己的兒子，自己親生的兒子……可惜的是這一切只是金星的一種錯覺，當五年前機會出現時他並沒有能適時抓住，自己的母親——也就是眼前這個孩子可能意義上的奶奶切斷了一切的可能，於是五年之後自己只能借助一份錯覺品嘗著想像中的甜蜜生活。這麼多年了，在金星的生活與情感的先後次序上母親始終堅持著自己的一套理念而無視他自身的願望，由此一而再再而三地拒絕了他對幸福的渴望和請求，於是一開始由母親挑起的戰爭，最後卻需要由金星本人來與生活決出勝負，久而久之便形成了金星潛意識裡對生活的強烈的敵意；在這一股敵意的驅駛下他在生活中像一條瘋狗一樣四處亂竄，一方面尋找一切藉口和機會與一個又一個年輕女孩子上床（他咬她們），另一方面又不斷地將她們像垃圾般地逐一拋棄。生活讓他奔跑，但是卻沒給出奔跑者以最後的終點，也沒有在終點處拉起一根像征勝利的紅線，更沒有配備給他手持馬錶的裁判和必要的掌聲。他是在一條沒有終點的跑道上常年累月地奔跑和奔跑著……現在再回過頭來仔細分析一下不難發現，金星身上的諸多病態表現其實都是針對母親的，這麼多年來自己在生活中刻意地堅持著的某種生活姿態目的其實就是為了激怒她，使她惱火傷心並且絕望，讓她為當初對自己的漠不關心後悔不迭。

回頭再說說金星和蘇爾的戀愛。因為受經濟的制約，金星和蘇爾的戀愛異常節儉，幾乎沒有什麼像樣的消費，像旅遊啦、去飯店吃飯啦、逛商場購物啦統統地被他們的愛情省略了。他們唯一的高消費就是做愛。只是開始時他們自己並沒有意識到這一點，他們一直以為做愛是免費的，可後來的事實證明並不是，起碼有一次不是。那時他們僅有的一點錢都用來買香煙了，並沒有想到要為做愛留著。兩個人在一起可以一連十多小時不吃飯不睡覺甚至不做愛但是絕對不能一刻沒有香煙。他們需要借助嫋嫋上升的煙霧提升自己對於生活及生命的夢想，並以此抗拒現實生活對於夢想的侵蝕和毒害。蘇爾希望今後能成為一名律師，以便為所有遭受到不公正的生活待遇的人辯護，為他們的貧窮、驕傲、疾病、善良、瑣碎以及一生的惡念和短暫的夢想辯護；而金星則憧憬有一天能買一張去巴黎的飛機票，以身體的接近主動縮短自己與世界文學之間的距離。當時的他們將自己無端地定位在生活的對立面上，並將自己幻想成是一名手執長矛的勇士，正在和庸俗的生活浴血奮戰，因此生活在他們看來也是危機四伏充滿了敵意，它以金錢為盾牌處處制約著他們的一舉一動，吃飯、看電影、買書……你每經歷其中一項內容就必須參照生活對它的定價付錢，凡是生活中的一切內容都是有價格的且不允許你輕易賒帳，其中惟有做愛是免費的，而他們恣意享受著的正是生活中屬於免費這一部分。他們做愛，在生活中肆無忌憚地四處做愛，床上、地板上、廚房、衛生間、還有夜色下的大草坪以及教學樓的樓梯死角；他們做愛，在無聊的時候、空虛的時候、快樂的時候甚至是蘇爾來例假的時候；除此之外世界發生的每一件事都有可能成為他們做愛的理由，上個星期電視上報導有一架客機在武漢

失事墜毀了，他們聽到消息後當天晚上便來了一次，後來聽說飛機上的兩百多名乘客無一生還，為了悼念死者他們又來了一次，再後來聽說死者中有多名外國人，為了表示對國際友人的尊敬他們又來了一次……他們就這樣肆無忌憚地生活著、戀愛著，怎麼也沒料到與此同時，生活的記帳系統已經悄悄開啟，並不需要多久生活便上門來收費了。

有一天下午蘇爾來找金星，當時金星沒在家，是母親開的門，兩個人一見面都看對方不順眼，母親極不客氣地將蘇爾堵在門口，說金星不在家。蘇爾問他去哪兒了？母親說不知道，他出去從不跟我說。蘇爾就說那我等他一會兒吧。說著話就要進門，卻被母親一伸手攔住了。他一出去就不知道什麼時候才回來呢！你不用等他了，他回來後我讓他去學校找你好了！蘇爾咬了咬嘴唇忿忿地說，好吧，我這有一樣東西請你幫忙交給他。拿出一張單據塞到母親手上轉臉走了。

這一天金星回來的很晚，回到家已近十二點鐘了，母親臉色鐵青地坐在客廳的沙發在等自己，金星隨便問了她一句這麼晚了怎麼還沒睡？母親表情生硬地說了一句，今天晚上蘇爾來我們家了。金星不明白這話的意思，蘇爾來不來他們家與她睡不睡覺有什麼關係？問她丟沒丟下什麼話？母親將手中一張單據樣的紙張啪地一聲拍在茶几上，你幹的好事！金星說什麼呀？走過去拿起來看了一下。這好像是一張醫療化驗單之類的東西，化驗結果的一欄裡寫著妊娠反映為陽性什麼的，金星看不大懂，但是內心裡已經隱約感覺到一些什麼了。他試探著問母親，這究竟是什麼意思？母親：還有什麼意思，蘇爾懷孕了！金星的頭頓時大了，怎麼……會這樣……？母親：你是問我嗎？拍著桌子，這難道還要

問我嗎？哼！指著金星的鼻子，你知不知道，如果在以前——金星說你等等，讓我自己說，如果在以前，我就是一個流氓，是要被公安局抓起來的！問她，是這麼說的吧？母親轉臉進了自己的房間，砰地一聲將房門撞上了。

金星第二天下午才見到蘇爾，地點是在她們學校的教學樓前。金星到這裡時學生們還在上課，教學樓前空蕩蕩的沒什麼人，路邊並排放著一溜的自行車，車身上的各種顏色的油漆在陽光下反映出某種隱秘的光澤，與油漆本身的顏色差別很大，顏色在隱秘地上升並在空氣中緩慢遊動，增添或刪減著陽光中的不合理的成分和因素。有人困了。金星跨坐在一輛自行車的後座上，足尖點地地等了半個多小時。隨著一聲長鈴突兀兀響起，一群被課程懷了近一小時的學生們像集體上完了一趟廁所般地神色輕鬆地魚貫而出。金星在人群中迅速找到了蘇爾。她正一邊走一邊和身邊的一個女同學說著話，臉色燦爛，一點都看不出被生活懷孕了的痕跡。如此年輕快樂的學生時光！她身邊的女同學先她一步看見了金星，隨即用胳膊輕輕捅了一下她，蘇爾順著她的視線搜尋到了金星，臉頓時紅了，羞澀的樣子像一個十四歲的少女一頭撞上了愛情。

那天下午蘇爾沒有上課，由金星陪著去了醫院。在去醫院的路上蘇爾一直在抱怨昨天金星的母親對自己的冷淡，金星關心的則是她肚子裡的孩子，一有機會便想跟蘇爾探討應該用一種什麼樣的辦法制止那個孩子的生命並將他從蘇爾的身體剝離出來。蘇爾為金星沒有專注地聽她訴說上了火，你有完沒完呀！一路上就聽你嘮叨孩子孩子的，有什麼大不了的，實在不行我就把他生下來！她這麼一說金星就不吱聲了。見金星不吱聲蘇爾也覺得過意

不去了，主動和金星商量了一下，最後兩個人一致決定要儘快手術，不惜一切代價也要將腹中的胎兒做掉。直到這一刻金星才稍稍喘了一口氣。

他們去的是一家中醫院，接診的是一個四十歲左右的中年女醫生，面相和藹笑容可掬，她對他們打算儘快手術倒是沒有異議，但是在為蘇爾作了一番檢查後卻說蘇爾有附件炎不能手術。金星和蘇爾面面相覷，都不知道附件炎是怎麼一回事，為什麼有附件炎就不能手術？醫生耐心地跟他們解釋說，附件是指輸卵管、卵巢等一些生殖系統的附件統稱，附件炎是指這些附件器官生了炎症，如果這時候強行做流產手術容易引起子宮大出血，嚴重的還會導致女方以後不能生育。這一番解釋可把他們給嚇壞了，問她該怎麼辦？醫生便說那只有先把附件炎治癒之後再行手術了，說這樣吧，我給你們開點藥。你們先吃點藥掛掛水觀察兩天，如果炎症消下去了，三天後就可以手術了。醫生拿起筆刷刷地在處方單寫了大半頁，然後他們千恩萬謝地下樓去拿藥。但是在繳錢領藥時他們遇到了一點麻煩，負責收錢的藥價師張口跟他們要一千七百五十三塊錢。金星說你是不是算錯了，藥價師說沒錯，就是這麼多！金星和蘇爾面面相覷，懵了。在來醫院之前金星已經打聽過了，做一個流產手術的價格是七十塊錢左右，以這個數目作參照，那麼一百塊錢是足夠的了，為放萬一他今天帶了二百多塊錢，從學校出來時蘇爾將她僅有的一百塊錢也帶上了，但是誰知情況竟然變成這樣，現在兩個人身上的錢一起加上也不夠拿一次藥的。他們拿回處方又跑上樓去找那個醫生詢問藥價怎麼會這麼貴？醫生仍然是一副和藹可親的模樣，她耐心地跟他們解釋，她開的口服藥基本上都是常規藥，只有一種消炎的針

劑是最新的一種進口藥，要三百多塊錢一支，她一共開了三針。又說這種藥貴是貴了一點，但是藥效很好的！金星問她能不能用別的便宜點的藥替代，譬如說青黴素什麼的。她說可以倒是可以，但是藥效不能保證！這麼一說蘇爾就害怕了，她擔心時間拖得太長耽誤手術，不肯讓金星再說，拽著他的袖子走了。回到樓下後他們把身上的錢湊到一起數了一下，一共是三百四十五塊，這個數目與實際要求距離過大，金星和蘇爾稍作商量，決定由金星出去找錢，她在醫院等他回來。那天蘇爾一直把金星送到醫院大門口，期間再三問金星，你能借到錢嗎？沒問題吧？金星說你就放心吧！千把塊錢的事，不會有問題的。醫院門口就是一個公共汽車站，正好有一輛公共汽車進站，金星跑了兩步趕上了這趟車，在上車前他還扭過頭朝蘇爾善意地笑了一笑，潔白的牙齒在陽光下眩目地一閃，蘇爾愁腸百結的心頓時一片豁然。

汽車啟動了，它突兀地一頓之後便駛出了月臺。金星看見蘇爾朝著汽車最後一次的揮手，胳膊剛舉過頭頂又迅捷地垂了下去，使他不能肯定眼中所看到一切的真實程度，包括被一種速度行駛著的街道、行人、商店、樓房甚至是蘇爾以及愛情。汽車駛出很遠了他還能看見蘇爾。金星的第一站是回家，母親正好在家，仍然坐在電視機前玩著永遠也玩不到盡頭的俄羅斯方塊；遊戲伴音放得很大，一種單調的叮叮咚咚的音樂。他看了一會兒後什麼也沒說便走出來，拿起一隻茶杯跑到廚房倒了一杯熱水，端著茶杯又進了母親的房間。手裡有了一樣東西之後他的內心裡便多了一份勇氣。也不說話，靜靜地站在一旁看著電視螢幕上形狀不一的塊狀物接連不斷出現並落下，然後又被左右移動著並妥貼地拼裝到了一起，形成一個極其規格的形狀。隨著一根短頭塊狀

物被準確地插進缺口，母親便贏了這一局，音樂驟然一變，變成一組歡快的旋律，螢幕上現出時間與積分。母親對顯示出來的這一組資料似乎很滿意，臉上有了一絲淺淺的笑意。一扭頭看見金星臉色又陰沉下來，你有事嗎？金星慌張地喝了一口水，開水燙得他咕嘟咽了下去，脫口而出一句，能借點錢給我嗎？母親厭惡地一皺眉頭又將臉轉向了電視螢幕，不能！她說。金星小聲嘟囔了一句，蘇爾……要做手術！母親頭都沒抬，我沒錢！遊戲重新開始了，第一道出現的是一個方塊，接著是一根棍子。當它們還在半空中的時候，母親已經為它們選好了落下的位置。母親的身心完全沉浸在遊戲之中，握著遊戲鍵的兩隻手緊張地動作著，當一根長頭棍狀物被移向左下方時，她的身體也下意識地向著同一方向傾斜過去了，因為另一個方塊已經出現，正向下急速地墜落。面對這一切金星無計可施了，悻悻地放下茶杯出門而去。現在外面成為他最大的希望。這一次他沒有走遠，他在離家不遠的地方找到一個公用電話亭打起了電話。第一個電話很快打完了，結果似乎不能令人滿意，接著又打了第二個。他在電話亭足足待了近半個小時，幾乎打遍了他所擁有的所有號碼，可一個子兒也沒能借到手。數分鐘後走投無路的金星又踅回到母親的身邊，這時已經是下午四點鐘了，距離醫院下班僅剩下不到一小時的時間，蘇爾的等待依然停在醫院門口——在他當初將她放下的地方。

怯　了

　　下午母親在院子裡晾衣服，地上的紅色衣盆裡堆滿了洗淨的衣裳，母親一件件地把它們撐上衣架再掛到晾衣繩上；下午的陽光很好，陽光下的母親紮著一條深色圍裙，胳膊上還戴著護袖，我進院子時她正將我的一條運動褲往繩子上掛，我問她要不要幫忙，她搖搖頭，說你忙你的吧。我登上臺階剛要進屋母親突然在後面喊了一聲，小波，你來一下。我走到她面前問，什麼事？母親把褲子掛上繩子後順勢拽了拽褲角，將雙手在圍裙上擦了擦從口袋裡摸出一張照片。你看看怎麼樣？她將照片遞給我。這是一張年輕女子的照片。照片上的人面相清純表情幸福。這是一個還沒有體會到真實生命意味的小女孩。這是誰啊？母親笑眯眯地看著我，是一個大學的英語老師，去年剛剛畢業參加工作。她想幹嗎？母親說她家在外地，想找一個家在南京的男朋友。我笑了，說她倒是挺現實的。母親裝著沒聽見，彎腰拿起一支衣架。我等了一會兒又問，你怎麼會認識她的？母親說她和這個女孩子的一個親戚是朋友，照片是她那個朋友拿來的。補充了一句，那個女孩子讀過你的小說，你們倆應該挺合適的。我又看了一眼照片，說我馬上要去踢球，這事晚上回來再說吧。母親沒再說什麼，把照片裝進口袋裡。

　　我進房間換上了一套球衣，穿上球鞋之前擦了擦鞋面，再出來時母親已經晾完了衣服，在臺階上我們又遇到了。母親拎著空

盆對我說，你抓緊時間考慮一下。我說知道啦！飛快地跑下了臺階。

我住的地方毗鄰南京大學，我踢球一般都去那裡。我在南大已經踢了二十多年的足球了，最初和我一起踢球的人那一批人現在已經人到中年，大多數人都已經發福了，一副身體胖腦滿腸肥的淺薄模樣，而且拖兒帶女攜家帶口的異常地臃腫和累贅。有時在大街上能相互撞上，見到後他們大多會問一句，還踢球嗎？我說踢啊，再反問，你們呢？他們就會苦笑一下，意味深長地看看身邊的太太和孩子不吭聲了。有一次我遇到了一個球名叫陀螺的傢伙，我們在一起踢球的時候他還是十七八歲的少年，身材修長瘦削精幹，多年之後再見到時卻像充了氣的氣球似的變得肥碩不堪了。那天他帶著妻子和女兒在逛街，見到我聊了沒兩句就讓我和他妻子說說他以前的樣子。一開始我沒明白是什麼意思，還以為他是讓我證明他以前的生活作風呢，繞了半天才明白他真實的目的是讓我證明他以前曾經是個瘦子。知道了這層含義後我便向他妻子添油加醋地吹噓起他當時的瘦弱，簡直都快把他誇成一根竹竿了，誰知他的妻子聽了之後卻惱火起來，說你當時那麼瘦怎麼現在這麼胖了？你寒磣人呢！兩口子當時就在大街上吵了起來，陀螺說踢球的人都是這樣，一旦停下來就會發胖的！他妻子就指著我問那他呢，他怎麼不胖？陀螺說人家現在不還在踢嘛！他妻子就說，他能踢你怎麼不踢了？問我，請問你今年多大？我說三十七，過完年就三十八了。他妻子聽了更急了，你看看！人家比你還大一歲呢，人家能踢你為什麼不能繼續踢？兩個人後來吵得兇惡，我勸了一會兒見勸不住就跑走了，最後的結局如何也不得而知，但是後來再在大街上遇到陀螺他就不理我了。原因大

概是覺得不可思議——為什麼他老了而我還年輕依然（起碼表面上是這樣）？這事連我自己也說不大清楚，唯一明白的是這些人已經不踢球了而我還在踢。類似的事情還有一件。有一年南大的球場上出現了一群半大的孩子。每天下午他們都來踢球。因為他們年齡太小身體單薄，分隊比賽時我們一般都不願帶他們，但是他們卻總愛往我們中間湊，叔叔長叔叔短地使勁和我們套近乎，想讓我們帶他們一塊玩兒，比賽時他們就守在邊上看。事隔多年之後，有一年我們組隊參加了一次南京市比賽，居然再次見到了那一群孩子。這時他們已經都長大了，出乎意料的是他們的球踢得特棒，一招一式特別專業。一打聽嚇了一跳，這幫傢伙居然是江蘇三隊的隊員，因為種種原因今年三隊解散了，他們因此而流落到了民間。沒料到當初跟在我們屁股後面蹭球的孩子們現在已經如此出息了！這群人後來稱霸南京業餘足壇多年，凡有比賽冠軍基本上都被他們拿了。他們中間的二三個人後來還被特招進了南京大學讀書，我後來和其中的二個混得挺熟，我們經常在南大球場上遇到，只是後來他們沒再喊過我叔叔——孩子們畢竟大了！因為球踢得好這兩個傢伙後來也牛了，有時某個人處理球出現一點失誤他們張嘴就罵，被罵的人從不敢吭聲。

我嘮嘮叨叨說了這麼多，無非是想提醒大家注意一樣東西——時間。時間為每一個熱愛踢球的人帶來婚姻、工作以及孩子，它悄悄地修改著一個人的面容和身材，它選擇在某個黃昏沒收掉當初施與你的足球，轉手交到另外一個少年的手上，同時把你一把推出球場，推搡到生活的懷抱之中。時間促使著生活不停地旋轉並更替，時間光照著每一個人而從不遺漏什麼，但是現在卻將我遺漏了，將我遺漏在了足球場上。多年以來我一直過著一

種簡單且青春的生活，沒有工作沒有婚姻也不曾生兒育女，生活
中所有的瑣碎都與我無關；當大部分同齡人臉上顯出皺紋和老態
時我則硬撐著一張與時間的刻度極不相稱的青春容顏混跡於時間
之外，淺薄地拒絕著一切與現實相關的生活內容。就說婚姻吧。
在此之前我從沒覺得它對於我是必須的，更沒料到有一天我也會
淪落到需要別人為我介紹對象的窘境——我身邊什麼時候缺少過
女孩子？但是回頭想想我的身邊什麼時候真正出現過一個能與你
同生共亡的生活夥伴——她與你同處一處，與你分享點滴的生活
細節，當你老了，她會陪著你靜坐在球場的看臺上，看球場上年
輕的人們追著一個在空中畫出一道弧線的足球大呼小叫，年輕的
身體砰砰碰撞發出音樂的響聲……所以當今天母親捏著一張年輕
女子的照片隔著時間遞到我面前的時候，我突然慌亂起來——我
膽怯了。人也許就是這樣，年齡越大人便越膽小，依此推斷一個
人從反叛到最終屈服於生活的真正原因只是因為膽怯而非其他，
譬如一個人會因為膽怯而選擇婚姻、因為膽怯而參加工作，因為
膽怯而生兒育女，最後因為膽怯而死亡——被生活嚇死了。真有
意思，人最後是被生活活生生地給嚇死的。嘿嘿！有意思！

今天是週末，來踢球的人很多。其中有一撥外國留學生。活
動了一會兒後中國人自然糾結到一起，與外國留學生打起了半場
對抗，七打七。我今天的球踢得有點彆扭，接球不穩，傳球不
准，帶球突破速度總起不來，好不容易插了一個空檔接住了一個
傳球，還沒帶兩步又被對方的後衛大老遠跑上來一腳斷下了。在
場邊觀戰的人漸漸有了噓聲……我又拿到了球，還沒把球停穩，
一個黑人留學生衝了上來，一個倒地飛鏟將球鏟斷下來，在球被
斷下的同時我也順勢倒了下去，那感覺好像是被黑人留學生鏟倒

的。黑人留學生一骨碌爬起來，朝我又喊又叫，一張臉急的都變形了。他憤怒地表示自己只鏟到球根本沒有碰到我，我是假摔，是欺騙。他說的沒錯，但是我卻不想讓他輕易洗刷自己的冤屈，裝著一副聽不懂他在說什麼的樣子躺在地上使勁地朝他搖頭，我的隊友圍攏過來，我在隊友的攙扶下顫巍巍地站了起來，試了試腿腳後對隊友說，換人吧，我不能踢了。一瘸一拐地下場了。其實那個黑人根本沒鏟到我，我的腿腳也沒有任何問題，我只是覺得再往下踢也沾不到便宜了，還盡惹別人笑話，所以趕緊退場為上。

場上比賽繼續進行。我坐在場邊一邊假意地揉著腳脖子一邊看著雙方的隊員追著足球在場上來回奔跑，心裡無限感慨。我也許真的老了，而且老的不是身體，是心，心臟、心靈、心情和心──跳。

比賽場地只佔據了整個球場的一半，另外一半的球場本來還有一些學生在踢球的，隨著我們這半場比賽的漸趨激烈他們也被吸引，一起圍攏到這半邊場地的邊上專心致志觀看起比賽來，那半邊球場便空了下來，一群麻雀在半空中試探了一會兒後落到空場地上，悠閒地遛達並不停地翻揀著草籽，不時抬起小腦袋打量一下四周，小眼睛骨碌碌轉得飛快。這邊中國學生一方進了一球，全場頓時歡聲雷動，那半場上的鳥兒不知道發生了什麼，愣了一愣（好像），慌張地振翅飛走了，翅膀划動空氣時撲騰騰地發出響聲；進球的人可能和我比較熟，衝到場邊想找我慶祝，到了近前才發現我是坐著的，乾脆摸了我一下腦袋又跑走了，我回過頭時他已經融入人群之中，我還是沒看清進球的人是誰。

我在場地邊上坐了一會兒就離開了，當時球場上的氣氛已經

白熱化了，雙方拚得很兇，不時出現人仰馬翻的場景，所有人的注意力都集中到足球場上，沒人留意到我的離開。在走出球場大門的一剎那我忽然難過起來，我有一種奇怪的感覺，感覺今天只要一步跨出球場就再也回不來了，也許多年以後我會在大街上遇到今天在場上踢球的某個人，他會指著我對身邊的女朋友說，瞧！哪個老傢伙以前在南大跟我一塊踢過球。

老傢伙！嘿嘿，老傢伙！

回家後先沖了一個澡，沖完澡母親的晚飯也燒好了，我們開始吃飯。母親坐一邊我坐在一邊，兩個人默默地吃著也不說話。吃著吃著母親傷感起來，忽然歎了一口氣，停下了筷子，眼圈紅了。我問怎麼了？母親說我們家太冷清了，平時連說個話的人都沒有，你要是結了婚家裡就會多一口人，那樣也會熱鬧一些的。話說得我很難過。我從沒想過這個問題，也許老人們很在乎這個吧！我隱隱感覺或許再過幾年——或許要不了兩年我也會像每一個老人一樣害怕起寂寞和冷清來的。想到這裡我真正悲哀起來，當年輕的人們唱著寂寞讓我如此美麗的歌曲滿世界打轉時我卻害怕起寂寞了，難道我真的老了嗎？我強顏笑著對母親說，你老別擔心，等我結了婚家裡說不定會多出三個人來的，到時熱鬧得你會嫌煩的。母親疑惑地說，怎麼會多三個人？我說結婚之後我們會生孩子的呀！母親說那加上孩子和你媳婦也只多兩個人呀！我說你老算錯了不是，就不帶我們生個雙胞胎的？母親終於被逗笑了，說你都快四十歲的人了，怎麼還是這麼一副德行！

吃完飯後母親破例沒讓我洗碗，她掏出那張照片交給我，說這兩天你別亂跑了，抽時間看看這個姑娘究竟合不合適，如果覺得條件差不多就先見個面吧！

在決定見面之前我抽空去看了一下言悅。我和言悅是半年前認識的，是在她的畫展上。畫展開幕的那天南京地面上各種人等都到齊了，畫家、評論家、行為藝術家、作家、詩人，大大小小的藝術人士濟濟一堂。我是被一個搞評論的朋友拽過去的。我們進展廳時言悅正在接受一撥記者的採訪，看見我們她主動結束了採訪趕過來和我們打招呼。我和言悅並不熟悉，以前只在一個公共場合見過一面，也沒說話。那天她和我剛聊了兩句便提出請我為她寫一篇畫評。我的朋友打趣說，你找他寫評論要先打聽清楚他的規矩。言悅就問他是什麼規矩？我的朋友壞笑著說，他可從不白給人寫評論。言悅問那是什麼價？我的朋友說他不要錢，只是作者本人得跟他上床。言悅笑了看著我問，你是這個規矩嗎？我窘得不行，自嘲地回答，這是江湖傳言，不能信的！言悅突然想到一個問題，笑著再問，你如果給男的寫評論也要他們跟你上床嗎？我的朋友搶著回了一句，他什麼時候寫過男性的評論？說完我們三個哈哈大笑，我臊得汗都出來了。隔了一個星期言悅給我來了電話，請我參觀她的畫室。那天在她的畫室裡我們聊了沒多久便滾到了一起。從那以後一沒事我就去畫室找她，然後便在畫室裡和她做愛，畫室後來差不多都成我們的「暖房」了。在我之前言悅還有一個情人，那人也是一個青年畫家，他們在一起已經快兩年了。有一次我們在畫室裡幹得正歡，那個畫家突然來了。他在外面高呼小叫地喊著言悅，嘭嘭地把門敲得山響。我則和言悅肩並肩地躺著地板上一聲不吭，兩個人的手緊緊纏在一起。那個畫家後來在門前等了很久才離開，我們兩個人的手自始至終緊握在一起，等鬆開時手掌裡濕淋淋滿是汗水。

　　一個月之後我為言悅寫的畫評也在《江蘇畫刊》上登出來

了。在我看來評論登出來後我們的關係也就該結束了。有一天離開畫室前我對她說，我以後不來了。她平靜地問，怎麼了？突然笑了一笑，又準備給哪個女畫家還是女作家寫評論了？我說不是的，不是這個原因。她問那是什麼原因？我咽了一口唾沫還是說不出口，言悅明白了，說你真覺得我是因為你的評論才和你上床的？我不知道該如何回答了。在我看來事實就是如此，但是卻難以在語言上予以確認。她看著我好半天最後說，你以後想來就來，並不需要你寫評論的。果然後來她沒再讓我寫過她的評論，我們三天兩頭地泡在一起，沒事做就做愛，不做愛了就閒聊，文學、繪畫家長里短的什麼都聊。有一次她問了我一個問題，你會結婚嗎？我反問，你覺得我會嗎？她點點頭，你會的！我愣住了，真的？她說真的！我真的這麼覺得。我說那依你看我會在那一年結婚？她看看我，不知道，但是我覺得快了。我哈哈大笑，當時覺得她整個就是胡說八道。我這麼多年一直單身且對這一份狀態很滿足，從沒考慮過婚姻的問題。說一句不好聽的話，多年的單身生活慣得我都不知道怎樣與另外一個人正確地睡在一起了，有時因為種種緣由偶爾和別人共睡一床時我都很緊張，不停地要起床上廁所，一遍又一遍地，還尤其懼怕黑暗中那微弱的呼吸聲──那一份陌生的呼吸，我覺得所有距離自己太近的呼吸都是有毒的，它會令我不安。可誰能料到僅僅過了二三個月，她的預言就真的要應驗了。女人真是一種天性神秘的動物，她們身上的某種能力常常令生活驚詫，她們既是天使也是巫婆……

我進入畫室時言悅正在工作。畫室的窗戶被厚實的窗簾遮著，房間裡光線很暗。在畫架前支著一盞白熾燈。言悅習慣了這樣的光線，以前我曾經擔心這樣的光線環境會不會對她的作品產

生影響，譬如說同一種色彩在燈光下和在日光下會產生差別，這份差別落實到畫面上就會是兩種效果。可後來發現我的擔心純屬多餘，言悅習慣於燈光下的工作條件，那一份曖昧的色調反而為她的畫提供出了一份意想不到色彩效果，而我上次為她寫得那篇評論的題目也是〈論言悅作品中的色彩間離效果〉。見到我她沒有停下來，扭頭對我說，我還有幾筆，你等一會兒吧！我說你忙吧，我沒事。隨便找了一本書翻了起來。她不停地用沾滿顏料的畫筆塗抹著畫布，只有動作沒有聲響。畫室裡靜得讓我不安，我無心看書，翻不了兩頁就要抬頭看看言悅。言悅似乎感覺到了我的不安，停下來看了我一眼，你今天好像有什麼心事！我說沒有。她沒再追問，轉過臉又畫了起來，一邊畫一邊說，告訴你一件事。我問什麼？她說我要結婚了。我的心撲撲急跳了兩下問，和誰？她再次停下畫筆，轉臉看著我說，和他。

從畫室出來後我的心慌得不行，我覺得自己像一個嬰兒一樣地脆弱，街道上任何一點風吹草動都可能令我大病一場的。我沿著大街走了很久，最後在一個十字路口斑馬線前停下了，我準備過街，對面的綠色信號燈正好也亮著，但是我卻站下了，我擔心那盞信號燈會突然變幻成紅燈，我總覺得它會在我行進到大街中央時突然轉變成紅燈的。我也不知道怎麼會有這種念頭，糟糕的是我十分相信這一點。我終於膽怯了。人總有膽怯的時候，生活中總有讓你膽怯的情節和細節，以前是別人，現在輪到我了。站在斑馬線上我暗暗下定決心，如果今天能活著回到家我一定和女教師見面。

母親很高興我的決定，短短的一個小時裡她和介紹人通了五六個電話，詳細地瞭解了女方的工作和生活等各個方面的情

況，然後再轉述給我，並要求我按照對方的愛好作一些必要的準備工作。譬如在接了一次電話後她問我，你知道周星馳和《大話西遊》嗎？我問幹嗎？她說介紹人說了，那個女孩子特別喜歡這部電影，你如果沒看過的話最好抓緊時間看一下。我說這算哪門子規矩，談戀愛還要先看《大話西遊》？母親說人家是為你好，怕你們見了面沒話說！經過母親和介紹人多次的商量，最後決定由我和女教師單獨見面，時間是這個週末的下午，地點是女教師就職的那所學校所在地。這一安排倒挺合我的意。我挺煩介紹人的，這種人其實比布希和薩達姆更讓人討厭。在見面的前二天母親又生出一個古怪的念頭。她問我，你說你要不要買一台手機？我愣了一下問，買手機幹什麼？母親委婉地說，現在很多人都有手機，你要是沒有手機會讓人瞧不起的！我說你這是什麼邏輯？大多數人有手機我就必須要有嗎？我是在家寫東西的，家裡有一部電話就夠用了，要手機幹什麼？母親說可手機現在那麼流行，你總要跟上時代吧，哪怕用不上買一個做做樣子也好！

　　母親越來越搞笑了。

　　週末很快就到了。那天我起得很早，母親則比我起得更早。她先為我燒好了早飯才叫我起床。等吃完飯後她拿出了一台手機遞給我說，你把這個帶上吧！我說你還真買了！母親沒接我的話，攢著手機向我介紹操作方法：用手機打電話要先撥區號，這一點和固定電話不大一樣，撥完號碼要按一下確認鍵……介紹了一番後問我，明白了嗎？我說明白了。母親將信將疑地把手機交到我手上。你遇到事隨時給我打電話吧！

　　我揣著手機離開了家門。這是新的一天，太陽高懸在樓頂斜角，視線裡的陽光也是暖洋洋的；在街對面「麥當勞」店門口磁

卡電話前，一個穿著裙子的女孩子在打電話，她一邊說話一邊微微笑著，陽光灑在她身上，她整個人便如一件透明的物體一般，透過衣服你幾乎能看見她清澈的內臟和靈魂……

　　在公交車站台等了沒多久便來了一輛車，我剛上車口袋裡的手機突然響了，我掏出手機摁下接聽鍵然後就聽見了母親的聲音，喂！你在哪裡？我說我在車上，有什麼事？母親說沒事，我試試手機，我怕你不會用。

幼稚園

　　丁小莉上的是幼兒師範（中專）學校，一畢業就參加工作了，這一年她十九歲。她工作的單位是一家企業的幼稚園。幼兒園地處山西路附近的一條巷子裡，佔用的是一個大戶人家的私宅。宅子很氣派，門前修了一條又高又寬的臺階，共有二三十級，臺階下矗立著兩頭威武的石獅子。據說這個宅子的主人以前是一個富商，解放後流落到國外去了，這處宅子幾經轉手之後被一家企業買下來成了幼稚園。

　　幼稚園的規模不大，只有三個班，老師、保育員和警衛加起來才七八個人。幼稚園主任姓姚，是一個四十多歲的中年婦人，其餘幾位老師和保育員也都是三十多歲的已婚婦女。她們原先都是企業的工人，後來通過各種關係陸續進的幼稚園。由於是半路出家，這些老師在教學方面極不專業。丁小莉剛來的時候有一個班的孩子們正在學的一支歌居然是當下市面上極為流行的《青藏高原》，讓她很驚訝。這裡的老師和保育員的工作是不分的，一個老師同時也要兼顧保育員的部分工作，其中包括照顧孩子吃飯、洗手、上廁所等等；反之也一樣，保育員也可以給孩子上上課什麼的。從這一點上看這所幼稚園並不是很規範，丁小莉便很後悔。不過那位姚主任對丁小莉卻很賞識，她對丁小莉說，雖然我們是企業的幼稚園，但是生源卻很廣，附近的一些大學、省委機關的教授和領導都把孩子往我們這兒送。你一定要好好幹！

丁小莉教的是中班，全班一共有二十多個孩子。丁小莉的教課形式新穎活潑，上起課來唱唱跳跳地尤其令孩子們開心。與她搭擋的是一個姓路的保育員。因為長久以來形成的慣性，路保育員平時並不滿足於自己的本職工作，常常跟丁小莉搶著給孩子們上課。她天生一副好嗓子，能唱一些難度較大的流行歌曲。她最近一直在努力教孩子們學唱《青藏高原》。應該說這首歌她自己倒是唱得不賴，可是讓四五歲的孩子們跟著她一起唱這首歌未免有點強人所難，孩子們學半句忘半句，很難將一句完整歌詞唱准，接連教了七八節課，一唱起來那幾十個孩子還是跟個白癡似的呀啊呀呀地胡亂吐聲，路保育員盛怒之下對孩子們破口大罵，罵孩子們是豬是笨蛋什麼的。丁小莉就勸她，說孩子們太小應該耐心一點，還說這首歌其實並不適合孩子們唱的。路保育員在這方面特別敏感，她認為丁小莉是在嘲笑自己沒受過職業訓練，人立刻就炸了，說我知道怎麼教的！哼了一聲之後又嘀咕了一句，不就是一個中專生嗎？臭屁什麼呀！兩個人就此結怨，在後來的工作中相互間的摩擦不斷。丁小莉無論在生活經驗上抑或是本身性格上都不是那個保育員的對手，經常被保育員擠兌得一句話都說不出來，垂頭喪氣地跑到一邊暗自垂淚。姚主任很快察覺到了她們之間的矛盾，為了安撫丁小莉她不分青紅皂白地把那個保育員調走了。她為丁小莉另外配了一個姓朱的保育員。這個保育員原來是企業裡的臨時工，農村人，長得頗有幾分姿色，據說曾經被上一任廠長看上了，由此進的幼稚園。朱保育員人很實在，安心地做著自己的本職工作對教學上的事從不過問。丁小莉很滿意這位新搭檔，工作的熱情愈發高漲了。她帶了那個班整天笑語喧嘩的，氣氛尤其活躍。班上所有的孩子都很喜歡她，其中尤以一

個名叫王典的小男孩為甚。有一天小王典一本正經地跑到丁小莉面前說，阿姨我能跟你說一句話嗎？丁小莉蹲下來，你想和阿姨說什麼？王典稚聲稚氣地說，阿姨，我喜歡你！一句話把丁小莉鬧了一個大紅臉，看著小王典一句話都說不出來了。

在所有的功課中小王典的唱歌是最差了，別的孩子很容易就能學會的歌曲到他這兒怎麼學都不會，不過他在繪畫上的表現倒是很出色，畫什麼像什麼，丁小莉常表揚他。每受到表揚，王典的表現就很滑稽，扭頭在其他孩子面前看來看去的，一副得意洋洋的淺薄模樣。

王典的爸爸是生意人，自己有一輛桑塔納轎車，每天都是他開著車子來幼稚園接送王典。王典的媽媽不常來，只有在王典的爸爸實在抽不開身的時候才偶爾出現一下。王典的媽媽在電視臺工作，人長得很漂亮，穿戴打扮舉手投足都很講究，據說結婚前演過一部電視劇，也曾淺顯地紅過一陣，不過丁小莉對她的印象並不好，她總覺得這個女人有點造作，不如王典爸爸那樣透明和自然。王典的爸爸是北方人，性格直率豪爽，與幼稚園裡的所有老師都很熱絡，經常會給老師們送點小禮物什麼的，深得大家的愛好；他還喜歡跟那些老師開一些有深意而無惡意的玩笑，但是自己又沉不住氣，往往別人還沒有反應他自己已經笑得前仰後合的了；他笑起來的時候聲音裡有一股金屬的質地，明亮透澈暢快淋漓。第一次見到丁小莉時他畢恭畢敬地給了她一張名片，還像日本人似的說了一句，請多關照！讓丁小莉非常受用。每天下午來接王典回家時他總是主動要求搭丁小莉一段。一開始丁小莉不好意思，後來熟了也就坦然接受了。王典喜歡吃「麥當勞」，隔個三二天王典的爸爸就要在回家的中途停一下，帶王典去「麥當

勞」吃點東西。他們常去的是鼓樓附近的那一家「麥當勞」餐廳，他一般買二份套餐，一份給王典一份給丁小莉。當著自己學生的面丁小莉不好意思吃，王典的爸爸也不勉強她，只是在離開時吩咐服務員把那一份打包給丁小莉帶上。

　　丁小莉逐漸適應了生活所賦予自己的角色，工作起來得心應手，孩子在她的調教下無論繪畫、唱歌、舞蹈等方面都較其他兩個班的孩子出色。這一來姚主任愈發對她愛不釋手了。為了籠絡丁小莉，她主動提出要給丁小莉介紹對象，羞得丁小莉連聲推託，不行，不行，我……還小呢！姚主任就說，也不小了！在以前像你這麼大都做媽媽了！丁小莉的臉騰地紅了。姚主任繼續開導她，反正也就是談談戀愛又不要馬上結婚，試試看嘛！儘管這麼說丁小莉還是不大願意，她總覺得自己的初戀應該是另外一種樣子的，具體什麼樣她不清楚，但是肯定不是現在這個樣子的。她刻意磨蹭了好些時候，後來實在拖不下去了才硬著頭皮跟著姚主任去見了一下對方。那是一個星期天的上午，約會地點是在城南的一處公園裡，男方是一個大學的研究生。一見到對方丁小莉就樂了，眼前那個研究生長了一副娃娃臉，模樣特像另一個孩子——王典。與王典比起來他似乎還很害羞，倉惶地打量了丁小莉一眼便把腦袋垂下了，半個小時的時間裡始終沒再抬起來過，只亮給丁小莉一條細長的脖子，脖子上汗晶晶的。丁小莉於是又想起了王典……

　　大約在工作了近三個月的時候，丁小莉的生活中發生了一點變故。不知從什麼時候開始，每天來幼稚園接送王典的人換成了王典的媽媽。雖然以前王典的媽媽也充當過這一角色，但是那都是在王典的爸爸抽不開身的時候臨時替代一下，這次情況則有所

不同，二個星期裡一直是王典的媽媽接送王典，王典的爸爸一次
都沒出現過。有二次丁小莉裝著無意地問王典，你爸爸怎麼不來
接你了？小王典也回答不出原因，小傢伙自己也對這事疑惑著
呢！又過了一段時間忽然傳出王典的媽媽和爸爸離婚的消息，比
離婚的消息更令人震驚和恐怖的還有另外一個傳聞：王典並不是
他爸爸親生的！這是那個姓路的保育員傳出來的，還有鼻子有眼
地說這是上個星期天王典的爸爸帶王典去上海一家醫院作了親子
鑑定後得出的結論。這個消息讓幼稚園裡所有的老師都目瞪口
呆，他們怎麼也想像不出天下怎麼真的會有這種事？這種事又怎
麼會發生在距離自己如此之近的某個人的身上？這一陣小王典像
霜打的茄子整天蔫了巴咕的，身上的鮮活勁沒有了，取而代之的
是一種沉沉的暮氣，像個老人似的整天一聲不吭，隨便往哪兒一
坐半天都不會挪一下屁股；飯也吃得少了，每天臨近放學時他就
一個人跑到門口的臺階上坐下來，靜靜地。其他的老師都以為他
是在等媽媽，只有丁小莉知道他其實是在等著一輛轎車的出現。
有一天丁小莉陪著他在臺階上坐著，一輛小轎車鳴著喇叭從門前
駛過，小王典忽地一下跳了起來，等看清它不是自己期待的那一
輛之後又頹喪地坐下了⋯⋯

　　王典終於沒法再在這個幼稚園待下去了，不久之後轉學去了
另一所幼稚園。具體是哪家幼稚園沒人知道。王典的媽媽顯然是
刻意要將他們母子的去向瞞著大家的。最後一次來接王典時她特
意向丁小莉道謝，感謝她這麼長的時間裡對王典的關照。王典的
媽媽還是那麼漂亮，渾身上下都洋溢著一股成熟女人特有的風
韻，可是丁小莉卻無法掩飾自己對她的厭惡，面對眼前這個女人
她總覺得有一股嘔吐的衝動。王典的媽媽似乎也察覺到丁小莉對

於自己的那一份敵意，說了幾句客套話後就拽著王典走了。王典一步一步地走下臺階，身影越走越矮小，下了臺階後又回過頭來看了她一眼……

王典就這樣從丁小莉的生活中消失了。數月後的一個黃昏，下班後的丁小莉剛出幼稚園，一輛轎車悄無聲息地從後面跟了上來，走到她面前時摁了一聲喇叭。丁小莉一回頭就看見了一個男人，是王典的爸爸。他一隻胳膊擔在車窗上，微笑著向丁小莉招呼，來，快上車！丁小莉遲疑了一下走上前去拉開了車門。

一上車丁小莉就後悔了。一段時間不見眼前這個男人讓她陌生了許多，她也說不清怎麼會有如此的感覺，有心想找個話題問問王典的情況什麼的，一轉臉又覺得不大合適，硬生生地又將話咽下去了。王典的爸爸察覺到她的不安，看了她一眼隨口調侃了一句，小丁老師越長越漂亮了！輕鬆的語氣稍稍消解了丁小莉內心中的不安，她甚至有點不好意思起來，羞澀地笑了一笑問，你怎麼會在這兒？王典的爸爸說，專門等你的！這話又讓丁小莉緊張起來，問你有什麼事嗎？王典的爸爸說我想請你吃飯。丁小莉急忙說不行不行，我今晚還有事呢！王典的爸爸扭頭看了她一眼，丁小莉的臉又熱了。她還不習慣撒謊的。隔了一會兒王典的爸爸突然問她，你知道王典現在在哪兒嗎？丁小莉以為他要告訴自己王典的情況，隨口問道他在哪裡？王典的爸爸搖搖頭，我不知道。問丁小莉，你們幼稚園的老師也不知道他去哪兒了？丁小莉說轉學的事是他媽媽一手辦的，幼稚園裡面沒有一個人知道他究竟去了哪裡！問你怎麼也不知道他在哪裡？王典的爸爸痛苦地搖頭，他媽媽已經從電視臺辭職了，家也搬了，他們的情況我現在一點都不暸解。丁小莉問你要找他們？王典的爸爸說我只是

想見見王典。丁小莉問你很喜歡王典？王典的爸爸沉重地點頭。那你幹嗎還要離婚呢！丁小莉的口氣裡有一絲埋怨的成分。王典的爸爸說我是和王典的媽媽離婚，並沒有想失去王典。丁小莉說可……可……可是……王典的爸爸說我知道你想說什麼。停頓了片刻繼續說，雖然王典不是我的兒子，可是我喜歡他。離婚時我是要把王典留下來的，你知道這其實是不可能的，我和他畢竟沒有血緣關係。歎了一口氣，唉──！你真不知道王典和我有多親，比親生的還親……王典的爸爸說不下去了，某種思緒牽動了他的傷感。他的眼圈紅了。他面朝前方以一副認真駕駛的模樣掩飾自己內心中突然生出的那一份脆弱。好一會兒王典的爸爸才緩過勁來。他飛快揉了一下眼睛轉臉朝丁小莉歉意地一笑，不好意思！仍沉浸傷感之中的丁小莉差點被他的故作堅強感動得哭起來。似乎是為了轉移這一份傷感的情緒，王典的爸爸向丁小莉請求道，跟我說說王典好嗎？不明所以的丁小莉問說什麼？王典的爸爸說隨便，隨便什麼都行！丁小莉明白了，她內心中忽然生出一絲感動，為一個父親和他的兒子。她把臉轉向窗外，借助飛逝的街景緩和了一下自己的心緒，緩緩說了起來──

　　……上次王典和一個叫李洋的小朋友為搶一個老虎鬧起了彆扭（王典的爸爸插話問道，老虎！幼稚園裡哪來的老虎？丁小莉向他解釋了一下，是布老虎，玩具。王典的爸爸哦了一聲，對不起你繼續說！），有一個多星期兩個人誰也不理誰。有一天吃中飯的時候王典悄無聲息轉到李洋的身邊，突然呸地一聲朝他的碗裡吐了一口唾沫……王典的爸爸微笑著說，這事我知道，為這事我還把他揍了一頓。丁小莉說是啊！那兩天他可恨你了，嘮嘮叨叨地說要去哈爾濱找他爺爺來揍你！王典的爸爸哈哈大笑。連聲

罵著這個小東西！這個小東西！……有一陣王典顛三倒四地愛上了一個名叫羅小童的小女孩，每次小女孩上廁所他都要跟著去，老師不讓他去他就又哭又鬧的……後一個故事可把王典的爸爸樂壞了。他對丁小莉說，小丁老師我也告訴你一件事，我們家的王典可是很喜歡你的，前一陣一直跟他媽媽說等長大了就要和你結婚。一句話頓時將丁小莉鬧了個大紅臉，王典的爸爸則哈哈大笑，似乎對兒子的選擇十分滿意。

王典的爸爸今天是誠心誠意地要請丁小莉吃飯的，中途多次向她發出了邀請，但是均被丁小莉藉口有事而拒絕了。見她態度堅決王典的爸爸也就沒再堅持，用車徑直把她送到家。車子到了她們家樓下停下了，丁小莉一邊向他道謝一邊準備開門下車。這時王典的爸爸忽然轉過臉說了一句，小丁老師有一件事不知你能不能幫個忙？丁小莉停下問，什麼事？王典的爸爸說，我能不能見見王典的同學？丁小莉說可以啊，歡迎你來幼稚園玩！王典的爸爸急忙說，不不不，我不是這個意思，咽了一口唾沫接著說，我想請你行個方便，看能不能在白天的時候讓我帶幾個孩子出來玩玩？丁小莉沒料到他會提出這樣一種要求，內心頗感怪異，一時間不知該如何回答是好了。她吞吞吐吐地說，其實……你去幼稚園也是……一樣的！王典的爸爸搖搖頭，不合適的。見丁小莉不明白補充道，幼稚園的老師和我都很熟，出了這麼一種事我實在沒臉見他們。丁小莉鼓足勇氣回答說，這個我可做不了主，要不你去跟姚主任商量一下吧。見丁小莉這麼說王典的爸爸歎了一口氣沒再說什麼。丁小莉打開車門下了車，王典的爸爸在車門關上前的一刹那向她說了一句再見！車門嘭地關上了，丁小莉後悔得直想打開車門跟他道一聲再見，王典的爸爸卻沒有再給她機

會，一踩油門將車子開跑了。丁小莉站在原地愣怔了一會兒才轉身上樓。

回到家後丁小莉異常地煩躁不安，心中像堵著一塊生鐵似的總覺得彆彆扭扭的，吃飯時端起碗剛吃了二口就推說不舒服躺到床上去了。害得她媽媽還以為她生病了，三番五次地往她房間裡跑，噓寒問暖的，光是體溫就逼著她量了三遍，最後丁小莉實在是煩了，乾脆把房間門從裡面反鎖上了。這個晚上她躺在床上怎麼也睡不著，一閉上眼就能看見那一張沮喪失意的面孔在晃動，像鬼似的。渾渾噩噩地過了一夜。到第二天早晨上班前她做了一件令自己都不敢相信的事。在出門之前她找出王典爸爸的名片，按照上面提供出的手機號碼主動給他打了一個電話，約他中午十二點鐘在幼稚園附近的巷口見面。

接下去的這個上午丁小莉顯得很興奮，她領著孩子彈琴、唱歌、做遊戲，十分投入和開心，彈琴的時候她還將一個小女孩抱在懷裡手把手地教她彈了一小節。中午下課她主動配合保育員照顧孩子們吃了飯。飯後應該是午休的時間，保育員招呼孩子們進睡房。丁小莉和保育員打了一個招呼後把其中的二個孩子帶了出去。在院子裡還遇到了園主任，園主任笑眯眯問丁小莉，去哪兒呀？丁小莉鎮靜地說去小店買一根紮頭髮的橡皮筋。

丁小莉攙著兩個孩子趕到約定的地點時，王典的爸爸和那輛桑塔納轎車已經等在那兒了。看到丁小莉他朝她點頭打了一個招呼，丁小莉沒敢多說什麼。她俯下身對兩個孩子說，讓這個叔叔帶你們去坐車好不好？兩個不明所以的孩子積極地回應道，好——！丁小莉又說，那你們會不會哭呀？孩子又說，我們不哭！丁小莉便將他們依次抱進了轎車放好，又嚇唬他們說，你們要是

哭就不是好孩子，阿姨就不喜歡你們了！孩子再次表白，我們不哭！丁小莉又鼓勵了他們一番後關上了車門，她走到王典的爸爸面前小聲地說，只有四十分鐘的時間，四十分鐘後我們還在這裡見面。王典的爸爸點點頭，一擰鑰匙將車子發動起來，開走了。

　　當轎車駛出巷口拐上大街的那一瞬間，丁小莉的心咚地狠跳了一下，隨即便對自己的行為產生了一絲懷疑。她忽然覺得自己似乎犯了一個錯誤，無論怎麼說自己都應該跟著他們一起去的。接下去的數分鐘裡是丁小莉有生以來最難熬的一段時間，她忽兒擔心那輛轎車在路上出車禍，忽兒又擔心那兩個孩子會因為害怕而生出意外，最讓她擔心的還是王典的爸爸。直到這時她才發現自己其實與這個男人並不熟的；他是做什麼的？住在哪裡？這一切的一切自己都不知道。聯繫他們之間唯一的緣由僅僅是這個人曾經是王典的爸爸，但是現在也已經不是了，既然如此自己又憑什麼還要繼續相信他？誰知道他是個什麼人呢？萬一他把那兩個孩子拐走賣掉怎麼辦？丁小莉不敢再想下去了。一絲悔意像毒蛇一般地在她的內心中蠕動，吞噬著她那並不堅強的神經。五分鐘後她終於忍不住跑到附近一個公用電話亭給王典的爸爸打了一個手機。電話響了兩聲後話筒裡傳來王典的爸爸的聲音，是哪一位？背景是嗡嗡的汽車行駛的聲音。丁小莉顫抖著聲音說，是……我！王典的爸爸說是小丁老師，有事嗎？丁小莉說請你趕快回來！王典的爸爸詫異地問，為什麼？時間還沒到呢！丁小莉說我不想玩了，我要你把孩子送回來！王典的爸爸說小丁老師你不用擔心，我只是帶他們出來玩一會兒，時間一到我一定會把他們送回去的。丁小莉說，不，不行！我要你現在就把他們送回來！王典的爸爸沉默了一會兒，最後將電話掐斷了。丁小莉接著

再撥，電話在響，王典的爸爸卻沒接，接連數次之後，最後他乾脆關機了，丁小莉從話筒裡只能聽見語音提示，對不起！你撥打的移動用戶已關機，請稍候再撥！一遍中文一遍英文。丁小莉徹底絕望了。這時候的她的情緒已經接近瘋狂的邊緣，在接著又撥打了數次手機而未果的情況下，最後她用顫抖著的手指在電話鍵上重重地摁下了三個數位：110。她報警了。她在電話裡向員警謊稱有一個駕駛著黑色桑塔納轎車的歹徒十分鐘前劫持了兩個幼稚園的小朋友……

半個小時後，一群全副武裝的員警在鼓樓附近的一家「麥當勞」餐廳抓到了王典的爸爸。員警是通過一輛停在店門口的黑色桑塔納轎車找到他的。當時他正帶著那兩個孩子在吃套餐。當員警衝進餐廳將黑洞洞的槍口抵在他的腦袋上的一剎那，店裡所有的人都被驚呆了，那兩個孩子更是被嚇得哇哇大哭，嘴裡含著一口未及下咽的食物；王典的爸爸也懵了，端坐在原地一動不敢動，嘴裡還輕聲嘟囔了一句，請別……嚇著孩子！

就這樣，丁小莉最後是在員警的幫助下重新找回了被自己輕易送出的那兩個孩子。這一天之後丁小莉再沒見到過王典的爸爸，她自己也因為在工作中的這一次紕漏而失去了幼稚園老師的工作。後來她在一家百貨商店裡做了好幾年的營業員，直到結婚後才離開。她嫁的人就是幼稚園主任當初給她介紹的那個研究生。他現在已經是一家證券公司的業務經理了。在後來的生活中，丁小莉時不時能從他身上搜尋到一個孩子的隱秘身影，有一天夜裡她還夢見了那個孩子；他從很遠的地方朝自己走過來，一直走到自己的面前，仰著腦袋對自己說了一句：阿姨！我愛你！

趙剛，祝你玩得愉快！

　　三十多年來我的絕大部分生活都是貼著鼓樓展開的。我的家處在鼓樓的中間部位，工作單位在鼓樓廣場的東側，南大在西側，附近最大的一家超市商場處於東南方位，西邊還有一些酒吧、茶館等娛樂場所。從我家去以上這些地方步行只需要十分鐘左右。我當時的工作單位是一家行業雜誌社，我在裡面待了一年不到的時間就辭職了。這也是我近四十年的生命中最後一份正式工作。離開單位後鼓樓東側就很少去了，平時活動區域大多集中在酒吧、茶社、南大校園這一類地方。我後來的作息時間一般是上午寫作，晚上去酒吧或者茶社和朋友們一起聊聊天。我的朋友分屬不同的生活族類，有上班族、學生族，還有少數民族。我每個星期要去南大球場踢一到兩次足球。我的球友大多是南大的學生。球場上大多是男性，偶爾也會出現個把兩個女性球員。有一個學期南大球場上出現了一位金髮美女。是來自英國的杜麗。與男性相比，球場上的女性無論在技術和身體上都不佔優勢，我因此總選擇與杜麗相對的一方，並願意打與她場上位置相對的某個位置；譬如我打右前鋒，我就希望她打的是左後衛，我打中前場，就希望她打的是後腰。如果她一時失位，我拿球後一路向她所在的方位挺進——無論她在哪裡——哪怕在我所在一方的球門裡。因為我的刻意選擇，球場上我們倆的接觸機會就很頻繁，有一次我帶球突破，她上來封堵，我一晃一扣過了她後，自然揮起

的胳膊無意打到她的臀部，打得她一下笑了起來，球也不搶了，站在原地手捂著屁股笑得花枝亂顫……

球場東側是兩幢高樓，一幢是市消防指揮中心大樓，一幢是鼓樓醫院住院部。兩幢高樓相距不足二十米，一幢是三十多層，一幢是二十六層，是這一帶最高的樓房。在鼓樓醫院面朝球場的一扇窗戶中，我多次看見一個男人朝球場觀望，似曾相識的一個人。可實際上從球場到鼓樓醫院相隔很遠，肉眼幾乎看不到一個人的具體面孔，那麼我看到的那人究竟是誰呢？

有時我跟朋友開玩笑說，如果有一天敵人要侵略我的生活，他們必先攻陷鼓樓，然後在雲南路口設置關卡，阻斷從我家到南大以及酒吧茶社的所有通道……

生活中有些話真是不能亂說的。就在我說出這話的兩個月後風雲突變，一場沒有硝煙的侵略戰爭真的在我的生活中爆發了。

短短一天之中連續收到安東的三個電話和十多條短信，所有的消息透露的只有一件事。她媽媽要來南京。從通話中安東的口吻以及短信中的措詞不難看出事態的嚴重性。但是我卻不知道其中的癥結所在。

我和安東是在半年前的一次朋友聚會上認識的。那天安東一出現我就知道自己完蛋了。我一個晚上都在積極地尋找機會和她接近。安東在圈子中的人緣不錯，不斷有人過來和她打招呼，致使我們之間的交流總是斷斷續續的難以深入。安東在本市一家醫藥公司工作，但是長年駐紮在廣州，一年之中大部分時間人是在廣州的。聚會結束時我主動要求送她，安東拒絕了，說她的宿舍就在附近，我只好轉而求其次，問能給個電話嗎？她笑了笑，轉

臉就要和另外一個人說話。我說要不我們打個賭吧！她好奇地停下招呼，怎麼賭？我掏出一枚硬幣，正面或反面，你輸了就把電話留下。安東再次笑了，說你真有趣！

安東長駐廣州，每個月要回一趟公司本部回報工作，但是時間很緊，我們只能見縫插針地一起吃個飯喝個茶什麼的，前後也就一二個小時，根本沒有條件涉及感情方面話題，平時我們只能靠電話維繫曖昧的感情，在電話裡我們倒是很放鬆，雙方的調情水準都很高。那件事情考慮得怎麼樣了？她問什麼事？我說和我結婚啊！她就笑，說不行啊！老公這一陣看得太緊，再等等吧！我說你再這麼推三阻四的我可要移情別戀了！她就會裝出一副可憐兮兮的樣子，你不是說這輩子只愛我一個人的嗎？電話畢竟是電話，再曖昧的關係如果總局限於此也只是望梅止渴。事實上每次放下電話後我總是很失落，依靠電話終究不解決實際問題的，可要終止這段感情又捨不得。這麼不鹹不淡持續了三個多月之後風雲突變。一天晚上安東從廣州回南京，晚上十點多打了一個電話給我。那天我約了一個女大學生來家裡聊天。小女生上個星期剛和男朋友分手，對生活略微感到一絲迷惘。我先跟她灌輸了一通天涯何處無芳草的人生道理，接著說我給你看看手相吧！看看你下一次戀愛是什麼時候？小女生說你會看手相？快給我看看！我攬過她的手，連撫帶摸地翻來覆去地看了一會兒說，你的下一個男朋友好像年齡比你要大許多。小女生說，我現在就想找一個年齡大的，學校裡學生都太幼稚了。我把玩著她的手說你的手真漂亮！小女生臉紅了，手微微掙扎了一下就舒服地躺在了我的手中。這時電話響了。我惱火地騰出一隻手抓起電話，哪位？安東說我。我一愣，安東問在幹嗎？我看了一下來電顯示，是她在廣

州的手機，以為她還在廣州，順嘴說在家裡看書。安東說，我在你門外。我以為她開玩笑，放開小女生的手起身開了門。安東笑吟吟地站在門口，一看到客廳的沙發上坐著一個女孩子臉上神情僵硬了，我更是傻了一圈。

那天的情景註定是尷尬的，三個關係曖昧男女共處一室，各自心懷鬼胎的同時又要在另外兩個人面前假裝無辜，相互間言語夾槍帶棒地又淺嚐即止。接下去兩個對手開始秀起各自的演技。先是女大學生故作姿態地看了一下手機，唉呀！不早了，我要回去了。說著話身體卻穩當地繼續坐著。安東急忙說，我還有工作要先走一步，你們繼續聊吧！拿起包作勢離去，小女生則順手拿起一本雜誌翻了起來。安東騎虎難下只得向門口移動。我有點不好意思，說你多玩一會兒吧！安東說我還要去附近一個領導那裡彙報工作，下次回來再來看你吧！朝小女生點點頭，你好好玩！小女生：謝謝！那一刻我內心愧疚得要命，對安東說，我送送你吧！安東說不用了，你還有客人。拉開門回頭一笑，再見！

安東走了，小女生留下了。小女生似乎還在留戀剛才溫馨的一幕，說你剛才手相還沒看完呢！我說下次吧！見她不大高興，補充了一句，我習慣把最好的留在最後。這句話給了她些許希望，興致勃勃地訴說起學校裡的事情來。二十分鐘後，門鈴又響了，我一愣，起身開了門，門口居然還是安東。安東笑吟吟地，剛才去了領導家彙報工作，他竟然不在家，只好到你這裡等一下了。看到安東的一剎那小女生也很吃驚，她沒想到安東會殺了個回馬槍，一時之間不知如何應對了。

再次出現的安東全然變了一種姿態，進門後往沙發上大大咧咧地一坐，問我，拖鞋呢？我問幹嗎？安東說拿過來呀！我不知

道她要拖鞋幹嗎，疑惑著從鞋櫃裡拿出一雙拖鞋放到她面前。她把腳上的高跟皮鞋脫下穿上拖鞋，將最後一隻腳放進拖鞋中之前還抓著腳揉了又揉，嘴裡抱怨，這雙新鞋買小了，特別擠腳。坐在對面的女大學生臉色愈發地難看了。安東看了一眼女大學生，轉臉埋怨我，客人坐了那麼久，也不給人家倒茶！站起身進到廚房，不一會兒端著一杯熱茶出來，放到女大學生的面前。女大學生終於撐不住了，起身說不早了，我該回去了。安東說再玩一會兒吧！女大學生說晚了宿舍要關門了。安東說那有時間常來玩！女大學生一笑，反正我在南京，機會應該很多的。安東被她噎得一愣怔，小女生轉身就走。

這天晚上安東沒走。但是第二天一早兩個人卻不歡而散。

早晨六點鐘安東推醒我問，你跟昨天那個女大學生是怎麼回事？我當時睡得正香，不耐煩地說了一句你煩不煩啊！安東沒再說話，我繼續睡覺，再醒過來已經是十點多了，扭頭一看，身邊的安東已經不在了。我起來去客廳和衛生間找了一下，沒找到，她的鞋子和包也不見了。然後我一整天都在撥打她的手機，卻始終打不通，直到二天之後我打她的廣州電話才找到她。我問你這人怎麼回事？她懶洋洋地，怎麼？我說你走怎麼不打個招呼？她說我手上有工作，再見！我火透了，問你什麼意思？她說沒什麼，以後請別再打電話了。硬生生地掛了電話。我徹底懵了，放下電話好半天都轉不過彎。剛剛在床上建立起來的良好關係的一對男女，怎麼一轉臉就跟陌生人似的了？如果只想維持淺顯的友誼狀態，那她就不應該跟我上床。

儘管安東態度冷漠，我後來還是主動給她打過二次電話。我總覺得一個與自己有了肌膚之親的異性某種程度上就是自己的家

人了，她偶爾使點性子也不應該太計較，畢竟自己是男人。可安東對此毫不領情，每次接我的電話時態度都很惡劣，後來連電話都不接了，只要一看到我的電話就掐。努力幾次後我就不耐煩了。我自覺沒有對不起她的地方，唯一做得不夠妥當的就是不應該在和她脈脈含情的同時再試圖與另外一個女大學生發展「友好睦鄰」關係。但是這麼做是在我對她的感情遲遲得不到呼應的情況下發生的，如果她能早一點鎖定兩人之間的關係我又怎麼會無事生非地另作他圖？況且那個小女生並沒有對我和安東之間的關係產生實質性地威脅。說來說去還是安東過於小心眼了。

　　一段口味生鮮的愛情剛發展到實質性階段便戛然而止。在數次努力不果之下我只得重拾與女大學生的感情。小女生對此倒是處之泰然，微微扭捏了兩下便欣然接受了。隨著兩個人的關係穩步發展，她甚至考慮起畢業後分配的問題，似有常駐南京的打算。就在我快要忘記安東時，安東突然給我來了電話。

　　那天下午我在電影院看電影，手機響了，我以為是小女生約我吃晚飯，接通後聽到的卻是安東的聲音。你在幹嗎？我一愣，是你？她說怎麼？不能給你打電話了嗎？我說沒有，你的聲音總對我具有誘惑力。她沒搭這個話茬，問你在幹嗎？我說在看電影。她戲謔地說，現在談戀愛還看電影？太老套了吧！我說我是一個人。她哦了一聲就沒繼續。我問，有事嗎？她反問，沒事就不能給你打電話？我說我不是那個意思。她又不吭聲了，我說電影快完了，要不等散場我給你打過去吧！她喔了一聲。我以為她同意了就掐了電話。剛幾秒鐘電話又響了，電話中的安東似乎被激怒了，你幹嗎掛電話？什麼意思？我說沒有啊，你不是答應等會我給你打過去的嗎？她又不吭聲了。我等了約十秒鐘見她沒反

應問你怎麼了？她放軟了口吻說，能請你個事嗎？我說你儘管說。她說今天晚上我媽媽要去南京，我從廣州到南京的飛機晚上八點多才能到，來不及去火車站接她，你能幫忙接一下嗎？我有點繞不清楚，未及多想，嘴裡說可以啊！安東高興起來，那好！我先跟我媽媽聯繫一下看看她是多少次的車，等會再給你電話。這時距離電影結束只有半小時，在接下去的半個小時中安東接連給我打了三個電話，先打電話告訴我她媽媽乘坐的車次，再打電話細述她媽媽的長相和衣著特徵，最後怕我記不清又給我發了一通短信，將她對她媽媽的描述形成文字並儲存在了我的手機記憶體中；這一通短信嘀嘀嘀地一條接一條響著，致使我在最後半個小時的時間中整個沒看明白電影的結尾。我覺得安東今天極其地不對勁，處理事情不像以前那樣幹練，有點像上了歲數的女人一般的婆婆媽媽。

安東媽媽乘坐的是T740車次，是寧波始發的，到南京應該是五點多。從電影院出來已經快四點半，我趕緊往火車站趕。路上我還是不住犯疑惑，不明白安東幹嗎讓我代她接人？而且這個人還是她媽媽。要知道我們已經二個多月沒聯繫了，此前有過的一夜之歡也已成了過去時，某種意義上現在我們之間已沒有任何關係，兩個人完全有理由老死不相往來，那麼她這時突然做出這樣的舉動又是何種用意？想和我重修舊好還是另有其他目的？無論哪一種對於我現在的生活都已經不太恰當了。首先我現在已經有了固定的女友，我們之間的關係發展良好，我不可能因為另外一個無端的女人中斷這一份長期培養的長勢還算茁壯的感情，除了感情之外安東如果有另外企圖那就更不合適，連感情都不存在

的一對男女也就沒有理由奢望其他的。

我覺得這其中似有風險，心無端地慌亂起來。

到了火車站已經快五點了，看還有點時間，我給女大學生打了一個電話，告訴她我在火車站接人，晚上不跟她一塊吃飯了。她說好的，還說晚上如果有時間我去你那兒。我說好。

T740次列車準時到站。出站的旅客一窩蜂湧出來，腳不點地一溜煙地散去，只留下一個五十來歲中年婦人站在出口處東張西望。我走過去，請問是安東的媽媽嗎？中年婦人：你是小趙吧！我說是。你好阿姨！中年婦人笑吟吟地上下打量著我，像在寵物市場打量一隻準備購買的寵物。我有點不好意思，說阿姨你的行李呢？我幫你提吧！安東媽媽說，我沒行李，就一個手提包，自己拿著就行了。我心裡頓生不快，安東煞有其事地千託萬付，我以為會有多少行李，到頭來就一個手提包，既然這樣非要我跑來接什麼？

領著安東媽媽走出站口上了一輛計程車，司機問你們去哪兒？我轉臉問安東媽媽，阿姨你訂賓館了嗎？安東媽媽：沒有啊！安東是怎麼安排的？我說那我問一下安東吧！拿出手機給安東打電話，電話通了，安東問我媽媽到了嗎？我說到了，你媽媽還沒訂房，要不要我幫她訂個房間？安東說不用。我說那我把她送到哪兒？安東說你先帶她去你那兒坐一會兒，等我到了再說。我說這……這……安東：我馬上要動身去機場，有什麼等見面再說。我還沒說話她又說，對了，晚飯你們先吃，別等我，給我留點菜就行了。話越說越不對勁了，此前我以為我只是代安東接她媽媽一下。按我的理解接上人再把她送到指定的地點就沒事了。可沒料到事態並沒有按照我預設的思路發展，現在不僅要把人領

到自己家，還要招待她一頓晚飯。我不是心疼這頓飯的花銷，而是生性不喜歡吃飯，尤其不喜歡和陌生人一起吃飯，簡單地說就是不喜歡看到一個（男）人因為吃飯而變得瑣碎起來的狀態。但是事情到了這一步也由不得自己了，況且客人當面再不高興也不能貼在臉上。掛了電話我故作輕鬆地對安東媽媽說，阿姨你先到我那裡坐一會兒，安東八點多到南京。

我的房間很久沒打掃了，沙發前的茶几上擱了兩桶吃剩下的速食麵，湯湯水水的，煙缸裡堆滿了煙頭，長沙發上還有三隻不同顏色的髒襪子及二三本翻了一半的書。安東的媽媽進門後坐都沒坐一下就開始打掃起衛生來，我說阿姨你放著我來吧！安東媽媽說，你歇著，這點事不算什麼的。

安東媽媽做事很利索，只用了半個小時便將整個屋子收拾得井井有條。只是在打掃我的臥室時發生了一點意外。在為我收拾床鋪時，她在床上發現了一件女式睡衣，這是小女生落在我這裡的。安東媽媽一邊疊著睡衣一邊對我說，安東這孩子邋遢慣了，以後你要多督促她，要讓她養成良好的生活習慣。

她以為睡衣是安東的嗎？

打掃完房間已經快六點了，天暗淡下來。我對安東媽媽說，阿姨我們出去吃飯吧！安東媽媽說出去吃太浪費，我去買點菜，咱們在家做。我說沒事的，在外面吃也花不了多少錢。安東媽媽說還是自己做吧！你看呢？見她執意如此我只好順從，陪她去了附近菜場買了一些菜，回來後老人家一頭扎進廚房忙開了，揀摘洗切烹燒煎炒，手段嫻熟花樣繁多，極其地賞心悅目。杭州的女性啊！

飯菜剛上桌，門鈴叮咚一響，我走過去開了門，果然是安

東。時隔兩個多月再見面，我以為我們會很尷尬，但是沒有，起碼安東沒有。她拎著兩個大包站在門口，見到我說了一句，快幫我接過去，累死我了。與兩個月前相比安東明顯胖了，胖得匪夷所思，人因此顯得臃腫了些。安東的媽媽迎出來拉著她的手關切地問，累不累啊？安東說沒事。安東媽媽說快吃飯吧！小心翼翼地將安東扶到餐桌前，像扶著一個病人。安東有點不好意思，偷看了我一眼，說我來盛飯吧！她媽媽說你坐著。不由分說將她按坐下了。吃飯的時候，她媽媽不停地給安東夾菜，生怕她吃不著似的。安東被照顧得不好意思，說媽你別老給我夾菜，我自己會吃。她媽媽說你現在要多吃一點，要保證營養，媽不是為你，是為……安東說媽——！又看了我一眼，神情少女一般地羞澀起來。她媽媽就笑，夾了一筷子菜給我，小趙你也吃！

　　這頓飯吃的含義晦澀，我隱約感到其中似有蹊蹺，卻不知具體出自何處。吃過飯我自告奮勇要去洗碗，安東媽媽說小趙你坐下我有話對你說。我看看安東坐下了。安東從一邊伸出一隻手將我的手緊緊握住。當著她媽媽的面我不知道這種舉動是否合適，下意識地想把手抽出，安東卻更緊地攥住了。安東媽媽說，我和安東爸爸三十多歲才生安東，從小到大都很寵她，養成了她任性的性格……因為情況不明，我不敢隨便搭話，但是又不能一句不說，我對安東媽媽說安東人挺好的，朋友們都挺喜歡她。安東媽媽說，前幾年我們就催她早點找個男朋友，我和她爸爸年齡都大了，希望她有一個好的歸宿。她呢總是高不成低不就的……我突然感覺到了一絲惶恐，再看一眼安東，她垂著頭一聲不吭，只緊緊攥著我的手。我咽了一口唾沫，阿姨我和安東……安東用大拇指狠狠掐了我一下，我吃疼之下倒吸了一口涼氣。安東媽媽繼續

說，你們的事安東一直瞞著我們，直到上個星期才和家裡說了。我和她爸爸都很傳統的，不過對現在年輕人的生活方式能夠理解……本來她爸爸這次要和我一塊來的，只是工作太忙走不開，就讓我先來看看。我們的意思既然有了孩子就早點結婚吧……！

再白癡的人這時也聽明白了她話的意思。我的腦袋嗡地大了一圈，不自主地哆嗦了兩下，更緊地抓住了安東的手，像失足落水的人抓著的一根稻草。接下去安東媽媽又說了什麼我一個字都沒聽進去，然後手機響了，手機打斷了安東媽媽的說話，她說你先接電話吧！

電話是小女生打來的，她說我現在沒事了，馬上去你那裡吧！我起身走到陽臺上說，家裡來親戚了，不方便。小女生警覺起來，是什麼親戚？我順口說是姨媽。小女生撒嬌道，你愛我嗎？我說當然。小女生：當然什麼？我說你知道的呀！小女生：我要你說嘛！安東跟了出來，站在我身邊，再次伸手將我多餘的一隻手抓住了。我對小女生說，明天再聯繫吧！小女生沒多糾纏，膩了兩句後就掛了電話。我和安東手牽手地站著，兩個人誰都沒說話，夜色中微微有些寒意。我問什麼時候發現的？安東：半個月前，我說怎麼不早點告訴我？安東：我怕你不喜歡……這個孩子。我沒說話，伸出胳膊將她攬在懷中。

安東媽媽在南京待了三天，三天中她和我說得最多的就是安東肚子裡的孩子。她說上個星期她專門飛了一趟廣州帶安東去醫院檢查過了，胎兒很健康，醫院的醫生包括她和安東爸爸都希望能生下這個孩子。我想我聽懂了她的話，包括她在內的安東一方的所有人已經決定要生下這個孩子了，如此一來，一個硬性條件就是我得先和安東結婚，這一點不言而喻。問題是我對突然發生

的這椿生活事故毫無思想準備，同時也對可能意義上的婚姻生活沒有把握，不知道自己是不是有能力保證它的安全和長久的屬性並賦予其幸福的含義。所以每次一涉及到這個話題我就啞口無言了。在多次試探全無結果之後，安東的媽媽乾脆直截了當地說，小趙，你們這二天抽個時間先領個證吧！我說領證……是不是挺麻……煩的？安東媽媽說，不麻煩。你先去街道開個證明，然後去民政局登記一下就可以了。我問安東的證明也在街道上開嗎？安東媽媽說，安東是在她的單位開。我說那先等安東開了證明我再去街道吧！安東媽媽說安東的證明已經開好了。從口袋裡掏出一張紙攤在我面前。

　　我當天就去了街道，然後夥同安東一起去了民政局領了結婚證。直到看到了兩本結婚證，安東媽媽才放心地離開了。安東則留了下來，因為懷孕，這次公司已經將她調回了南京，她不需要再回廣州了。

　　安東媽媽臨走前再三囑咐我一定要照顧好安東，平時要為她多補充一些營養，不要惹她生氣。她說安東現在不是一個人了。我想我懂這話的含意，我如果現在再惹安東生氣其實就是惹她肚子裡的孩子生氣，我現在克扣她的營養，某種意義上就是破壞她肚子的繼續壯大，也是阻撓她肚子裡的孩子的健康成長。

　　短短三天的時間，我完成了人生最為重要的一次蛻變，由一個青年迅速蛻變為一個已婚男人。這個事實讓我內心沮喪。我知道自己的生活將由此遭遇到一系列的變化，其中絕大多數變化將是有違我內心願望的。

　　一天中午我出去辦事，晚上回家時發現安東指揮著幾個工人正在拆我的床。這麼多年承擔我睡眠的是一張單人床，我從十七

歲就開始在這張床做夢了，說句不好聽的話我的第一次夢遺和第一次的性愛都是在這張床上完成的。這張床上留下了我太多的生活痕跡，他們已經深深植入我的記憶之中了。記得有一年我的初戀情人出嫁，結婚前夜來和我道別。第二天她就要嫁到生活那邊去了，從此我們將天各一方，老死不相往來。那天我們倆聊了很多很多，黎明時兩個人都睏了，我讓她上床歇一會兒，她在床前猶豫再三還是含笑拒絕了。我知道她為什麼拒絕，她是怕打擾那些與這張小床有關的記憶。這是她對生活以及對我的善良的表示。可是現在安東卻要拆了它，她是否知道這張床對我意味著什麼？她是否知道自己在做什麼？況且這張小床上也同樣記載了她與我之間的情感，沒有這張小床就沒有我們之間的荒唐。從這個意義上，她拆的不是一張床，而是我幾十年以來的用時光累積建築起來的生活。所以一見到工人們在拆床我立刻火了，大聲訓斥，你們幹什麼？誰讓你們幹的？安東走過來，我今天下午去家俱市場買了一張床，想把這張床換掉。我說為什麼要換？這張床很結實，再睡個三五十年都不成問題！安東說你怎麼總想著你自己？你現在不是一個人了！這話讓我傻了半天。安東說的對，我現在已經不是一個人了，甚至也不是兩個人，我現在是三個人了。第三個人就隱藏在安東的腹中……

小床最終還是被拆了，在它原先的位置，一張龐大的新床取而代之。這是一張四尺五的大床。在生活中我從沒見過這麼龐大的床，以這麼大的面積，完全可以睡下我和安東以及天下所有的孩子——床太大了。

新床架好後安東沒有立即住過來。她剛剛被調回南京，一些工作關係和手續要移交，這一段時間一直住在自己的宿舍裡。我

們偶爾見個面一起吃個飯，每次她都是匆匆忙忙的，有時剛吃了兩口，公司來個電話她起身就走，那份緊張讓我感覺她還像以前在廣州時一樣。

　　我已經二個多星期沒見到小女生了。這一陣她一有時間就打電話約我吃飯、看電影或者要求來我這裡過夜，每次都被我以各種藉口推託掉了。短短的數天時間我的生活已經面目全非，我不知道再見到她時我能說些什麼？又如何解釋清楚新近發生的一切？我已經無顏面對以往的生活。所以每次她要求見面時我總是推託，一旦哪天不要求見面了我又很想她。事實上當我被生活綁架了之後我唯一想見到的人就是她。

　　有二天小女生沒來電話，這讓我很不安。猶豫再三我決定去學校找她。走在路上我就想好了，見到她我要陪她好好吃一頓飯，還要把和安東的事情和盤托出。我能想像出後果，但是已經沒辦法了，從我答應安東媽媽和安東結婚的那一刻起我就已經失去了她。分手是遲早的事。這一段時間我始終避免和她見面或許就是想儘量拖延時間，拖延註定悲傷的時間和結果。

　　那天我是走著去她們學校的，快走到她們學校門口時我的手機響了，正是小女生打來的，看到她號碼的一剎那我慌張起來。她問你在哪兒呢？我舌頭不打轉地說我在和幾個朋友吃飯。她不無埋怨地，那今天又不能見面了？我說今天不行。她說你這一陣怎麼這麼忙？究竟在幹嗎？我說事情很複雜，以後再和你說吧！電話裡的聲音停頓了一下，哪好吧！晚上早點回去休息，別和你的那些朋友瞎玩。我說好的。她掛了電話後我一屁股坐到地上，淚水呼地湧出了眼眶。路上的行人很多，一個個地看著我不明所

以。快車道上汽車來回穿梭，而我已經被路程拋棄。

安東一家距離我的生活越來越近了。猶如一群拔營而起的敵人正向我所在的方位夜以繼日地狂撲而至，槍口冰冷地指向我的生活，即便在睡夢中我都能聽見行軍的腳步聲，刷刷刷。要不了多久他們就可能趕到，四散開來將我和我的生活團團包圍，一面派安東朝我喊話勸我主動投降，一面派出小股部隊正面佯攻吸引我的火力，而大部隊則強攻一側。那一刻炮火橫飛槍聲大作，我和我堅守的陣地在敵人的炮火中可憐地顫慄……

安東的肚子像一個充氣中的球一樣逐漸地壯大，隔個幾天再見面，她的肚子便又壯大了一圈。安東的父母出於對安東和她不斷凸出的腹部愛護，多次催促我們儘快把婚禮辦了。他們總覺得只有完成了這個儀式才是真正意義上的結婚。可我卻不想輕易地陷入其中，我還在負隅頑抗，我還對生活心存幻想……而且我想像不出為了兩個男女而把他們周圍的一干人集合到一起大吃大喝一通有什麼意義？兩位新人要挨個地敬酒，滿面笑意地向客人頻頻舉杯，順便將客人預先準備好的紅包搜刮一空。我對安東說反正結婚證已經領了，婚禮要不就別辦了吧？勞命傷財的！安東說你可是答應爸媽他們要辦酒的！我說以後是咱們倆過日子，跟別人沒關係的。安東很不高興我的說法，說我爸媽對咱們挺關心的，你別不知好歹！儘管安東並不贊同我的想法，最後還是出面向她家裡請求放棄辦酒的打算。安東的爸媽一開始不答應，後來見我們的態度堅決不得已之下同意了，但是希望我們倆這一陣能抽個時間回杭州一趟和那邊的親戚們一起吃一頓飯。兩個星期後正好是「五一」節，我和安東回了一趟杭州。第二天晚上在一家

大飯店裡我們和安東的親戚們一起吃了一頓飯。

那天到場的大多是安東家的親戚。一共有近百人，酒席擺了近十桌。我沒料到一次家庭內部的聚會竟然演變成為一場小型婚宴，情緒上有些落寞，不過看在安東的面子上也沒太在意。只是沒想到他們家的親戚會有這麼多。大部分親戚是浙江的，一小部分則是從福建、江西甚至北京專門趕過來的。安東也沒料到會有這等規模。不過受一個女人的某種虛榮心的驅使，她對此並不排斥，為了迎合這種場面甚至還臨時去商店購置了一套婚紗，因為她的刻意配合愈發加深了婚禮的氣氛。酒宴開始後我和安東挨個敬酒，每敬到一位安東便在一旁介紹，這是叔叔，這是姑姑……二桌敬下來我的腦袋已經不作主了，藉口上衛生間溜了出來。在衛生間扶著洗手池歇了一會兒，門開了一下一個人跟著進來了。他站在小便池前撒尿，一邊撒尿一邊跟我打招呼，姐夫！你是不是喝多了？他說的是浙江口音的普通話，舌頭硬硬的。我扭頭看了他一眼，是一個小個子年輕男人，挺精神的。我說還行。問你是……？他說安東是我表姐，我爸是安東的舅舅。我說謝謝你們來參加我們的婚禮！他說別客氣！從今天起我們就是親戚了，以後有機會經常來杭州玩！他的一泡尿很快撒完了，打了一個尿顫後繫好了褲子，走到另外一個洗手池前洗了手，關心地問我，你沒事吧？我扶你出去吧！我說不用，我沒事，歇一會兒就好了。你先去吧！他說我陪你一會兒吧！我有點不好意思，說你去吧，我真的沒事。他笑笑，我不大喜歡太熱鬧的場合。掏出香煙給了我一根，點上。這根香煙味道特別，記憶中我從沒抽過這種口味的香煙。我問你這是什麼煙？味道挺怪的！他隨口說了一個牌子，我沒聽清，也懶得再問。半截煙抽下去我渾身像長了二十公

斤勁似的，情緒逐漸地興奮起來，感覺就要發生一點奇怪事情了。我強壓住興奮的情緒，穩重地問安東的表弟，附近有沒有好一點的茶社？我想去喝茶。表弟說，離這裡不遠有一個「湖畔居」，坐在三樓上能看到西湖的景色，要不我們去那兒坐一會兒吧！我說好，扔了煙頭，放開水龍頭用手接著水喝了二口，跟著他走了。在飯店門口我們要了一輛計程車。上了車司機問你們去哪裡？表弟轉臉問我，姐夫！你看是直接去火車站還是回飯店吃點東西再走？我堅決地一揮胳膊，去火車站。問你能再給我一根煙嗎？他古怪地笑了笑，掏出一根煙遞給我。短短二十分鐘的車程我連續抽了他三根香煙。到了火車站時正好趕上一班去南京方向的車次，表弟主動幫我買了一張車票，又到水果攤前買了一點水果，一直把我送上車。上車前我有點不好意思地問他，能再給我幾根煙嗎？他掏出煙盒數了一下，說就剩下七根了，我給你三根吧！

　　凌晨兩點多到了南京。表弟給我的三根煙剛上車沒多久就抽完了，後來一路上我的頭都是暈乎乎的，從車站出來後我勉強支撐著打了一輛計程車回到家，進了家門一頭栽倒在客廳沙發上沉沉睡去了。

　　等我醒過來已經是第二天了，我整整睡了二十多個小時，如果不是安東及時回來，或許我就此睡過去了。我是被安東吵醒的。我在睡夢中聽見一種持續不斷的破裂聲，砰叭，嘩啦……掙扎著睜開眼睛便看見了安東，她像一頭憤怒的母獅子在家裡乒乒乓乓東衝西撞地砸東西，玻璃杯、煙灰缸、電話機、花瓶……我騰地坐起來，頭一陣陣地眩暈，愣怔好半天都沒明白究竟發生了什麼。你怎麼了？我問。安東咆哮，怎麼了？你還問我怎麼了，

你幹了什麼自己不知道嗎？安東突然哭了，雙臂掩面嗚嗚的。我起身走過去伸手扶她的肩膀，被她肩膀一抖撞開了。我說究竟怎麼了？她說你滾！我不要再看見你，我們離婚！我陡然想起了杭州，只是思緒還是很亂。我說我喝多了，是你表弟一直陪著我……安東停下哭泣，懷疑地看著我，表弟？哪個表弟？我說就是你舅舅的兒子。安東一愣，勃然大怒，你胡說！我根本沒有舅舅，我媽媽也沒有兄弟！我一驚，不會吧！那人說是你舅舅的兒子。安東說你就編吧！我說我真的沒編，的確有一個自稱是你表弟的人把我從飯店帶出來送到火車站的，連車票都是他幫我買的。安東愣愣看著我，又哭。你突然沒了蹤影，爸爸媽媽都急死了，到處找你，連110都來了，我們在杭州找了你一天，打你的手機也沒人接……

我能想像出當時的場面，婚禮過半新郎突然不辭而別，任誰也承受不了那一份尷尬的。

這事顯然鬧大了，安東一家的情緒憤憤難平，尤其是安東媽媽簡直把我恨了一個洞，最初一二次通電話時都是咬著後槽牙和我說話的。此事中唯一清醒的人是安東的父親。他有一次給我打電話時主動說起自己的一件事，那時安東媽媽剛生下安東第一個月，他說那一陣他內心總是有一種恐慌，總是害怕單獨面對妻子，總渴望單位能派自己出差……他還說他其實是很愛安東和她媽媽的，但是內心中不知為什麼總渴望離家出走。他說你如果有什麼難言之隱可以跟我說，我和安東媽媽都是通情達理的人，我們不會勉強你的！他的話讓我很感動，我說你們放心，我會好好對安東的！

安東的肚子越來越大了，一個人住在單位宿舍裡漸漸不方便起來。她多次流露出要住過來，對此我沒有立即給予回應。我已經快三個半月沒見到小女生了（其中包括一個暑假）。以前我們幾乎沒隔二三天就要見一面的，此種狀態下任誰也沒想過我們之間竟然會如此長時間地不見面。現在她是阻礙安東住過來的唯一的原因。在安東住過來之前，我必須把和小女生的事情作個了斷，否則對安東對我包括對小女生本人都可能是一種傷害。可我不知道應該用什麼樣的方式了結已經持續很久的感情；我無法啟齒，就像平時向別人借錢。

　　一天夜裡十二點多安東忽然打來電話，電話裡的安東帶著哭腔問，你能過來一下嗎？我一驚，怎麼了？她說我摔了一跤，肚子有點不舒服。我啊地一聲，扔下電話就跑。趕到宿舍時安東臉色蒼白地躺在床上。我問怎麼樣了？她說現在好點了，開始時肚子疼得厲害。我埋怨道，怎麼那麼不小心！她說我去開水房打開水，沒在意地上濕了，腳下一打滑就摔了一跤。我問她要不要去醫院？她說看情況再說。

　　我膽顫心驚地守著安東的肚子度過了一夜。

　　第二天一早我給小女生打了一個電話，我對她說有點事情需要見一下。她問什麼事？我說見面再說吧。她問是去你那裡嗎？我說去「碧雲天」吧！

　　「碧雲天」茶社坐落在青島路上，距小女生的所在學校只有五分鐘的路程。我趕到時小女生已經坐在一張桌子前了。她快樂地說我點了紅茶，你要什麼？我說我不喝茶了，說一點事就走。她嘴裡嚼著口香糖問，出了什麼事？我沉吟了片刻，咬咬牙把安東的事情從頭到尾跟她說了。在我斷斷續續地敘述中她始終一言

不發，輕巧地嚼著口香糖，彷彿在聽一個與自己毫不相干的感情故事。我極力保持一種緩慢的敘述語調，但是說著說著語速便急促起來，彷彿稍慢上一慢就會被後面的話趕上來一拳打倒在地一般。我越說越快越說越快，最後說，我準備今天就把她接回家住。我的敘述到此戛然而止。小女生面無表情地繼續嚼著口香糖，一下一下，一下又一下，間或扭頭看一眼窗外。窗外的大街上行人和車輛一如既往地來去過往，已經幾千年了吧……！

　　安東如願以償地從單位宿舍搬進了我的生活。住進來的這天正好是她懷中的孩子期滿六個月。因為此前她的工作繁忙，一些必要的產前檢查被延誤了。住過來之後正好有心情補上這些工作。隨後的一二個星期她拽著我去各類醫院、婦保所，建卡或者做各種各樣的檢查。這是一個瑣碎甚至近乎無聊的程式，每個檢查項目都被醫生渲染得重要至極，彷彿漏掉任何一項都會導致腹中的胎兒的弱智、醜陋或者長大後考不上大學。我和安東就像兩頭愚蠢的牛，被一干醫生護士東趕西撞地四處亂竄。我去每一個收費視窗繳費，然後把安東送到相應的科室或者某個醫生的手中，讓那些醫生對藏匿在安東腹中的胎兒的發育狀況給出好與壞的評判。幾乎所有的檢查過程我都是被排除在外的，這我能理解，醫生是在給安東腹中的胎兒做檢查，不是我。但是那個胎兒是我的另外一部分生命，某種意義上還是屬於我的，那麼我是否有權力對自己未知的生命部分感到好奇？有一次在做超音波檢查時我突發奇想，問負責檢查的女醫生，能不能讓我現場看一下胎兒？女醫生三十多歲，那天的情緒似乎不錯，笑著說，孩子現在不會認識他（她）爸爸的。話雖這麼說，卻沒有阻止我的意思，

我就跟著安東進了超音波室。安東按照吩咐躺在床上，解開衣服露出圓滾滾的肚子，醫生一邊將映射探頭貼在她的腹部上緩慢移動，一邊盯著電腦螢幕，螢幕上有個圖像在動，我不能確定那是不是我的孩子。我對醫生說，能幫忙指點一下嗎？我看不大懂。醫生耐心地用滑鼠點著具體的部位，這是頭部，這是身體。順著醫生的指點我稍稍看出了一點端倪，那是一個胎兒映射，面容模糊來路不清。圖像突然動了一下，我的身體緊跟著顫抖了一下，也說不清是害怕或者激動。我咽了一口唾沫問醫生，他（她）這會兒能看見我嗎？醫生差點沒笑起來，說你這當爹的可真有意思！我隨即反應過來，不好意思地笑了，為掩飾尷尬又問，孩子是男是女？女醫生的臉一下拉長了。都什麼年代了？還那麼封建！我說不是的，我不是那個意思，是男是女我都會喜歡的。女醫生不再理我，嚴厲地說請你到外面去等，不要妨礙我的工作！

這期間為孩子準備的各種物品每天都在增加，東一包衣物西一包玩具堆得滿房間都是。隨著累積的物品增多，我內心也變得惶恐不安起來。感覺這些零零碎碎的嬰兒物品就是地雷，是敵人趁著夜色一寸一寸偷偷埋進我的生活之中的，我已經被擠壓到了極限無法動彈，現在我無論朝哪個方向遞出哪怕一根腳趾頭都可能引發驚天動地的一連串的爆炸……

一天夜裡我在睡眠中被越來越充盈的膀胱憋醒，迷迷糊糊地爬起來去衛生間，剛走出兩步一腳踢翻了一輛玩具汽車，寂靜中噹啷一聲巨響，地雷一般地蹦地一聲爆炸了，我的右腳直接被炸飛了出去，我血肉橫飛地躺在地上抱著受傷的腿嚎啕大叫，來人啊！救命啊！燈亮了，熟睡中的安東被驚醒，爬下床來扶我，怎麼了？怎麼了？我抱著腿閉著眼睛大喊，我受傷了！我的腳被炸

斷了！安東看了一下我的腳，說你的腳不是好好的嘛！

單位對安東很照顧，從她懷孕的第六個半月起就基本讓她享受起產假的待遇，平時並不要求安東每天去上班，只在遇到重大的事情時才讓她去單位一下。這樣一來安東在家的時間就多起來，看看電視睡睡覺，再不就是抓緊一切時間吃東西。安東後來變得特別能吃了，每天早晨四點多鐘人還在床上呢肚子就餓了，一餓起來便饞心鬧肺的立刻要吃到東西，至於吃什麼倒是不講究，有什麼吃什麼，實在沒東西了打兩個雞蛋也能狼吞虎咽地吃上一頓。我沒想到生活中的孕婦竟然如此恐怖，她們完全可以通過嘴和食道的過度再輔以必要咀嚼下咽的動作從而將整個世界填進肚子裡去的。除了吃之外，安東每天傍晚還要出門散步。這是醫生囑咐的，說每天散步一小時左右有助於胎兒的智力發育。每次出門我都要環伺一側，為防止安東臨時要吃東西，還專門配備了一個手工籃子，每次出門都在籃子裡放一些番茄，蘋果、開水、麵包、雞腿以及一二個包子燒賣什麼的，我拎著食品籃陪著安東從家裡散步到鼓樓廣場，在廣場上休息一下，安東吃一個番茄或者啃一隻雞腿，然後回家。

安東的預產期是十月十六日，想像一下即將來臨的那一天吧！那會是一個晴天嗎？會下雨嗎？會地震嗎？會發洪水嗎？會爆發禽流感嗎？世界又會為此改變些什麼？我說不準，我所知道的那天可能會有一個嬰兒出生，這個嬰兒不是男就是女，一生下來他（她）就會哭，嘴一張就會喝奶，除此之外我不知道其他。為了這一天不出意外的到來，我現在每天都小心翼翼地陪著安東，無論自己內心多苦也要強顏歡笑。

那天傍晚在鼓樓廣場上，安東津津有味地正啃著一根雞腿時

我的手機響了。是小女生的。安東停下咀嚼扭頭問我，是我媽的電話嗎？我說不是，是我一個朋友。安東繼續啃她的雞腿，我接了電話，電話裡撲面傳來的是一片撕心裂肺的哭泣聲，小女生在電話裡嚎啕大哭，我問怎麼了？你怎麼了？小女生不回答，專心致志地哭著，哭著，哭得我的心像被一根螺釘一層一層擰緊，一股流淚的慾望硫酸一般刺激著淚腺，火辣辣酸溜溜的，我覺得自己就要嚎啕大哭起來了。可是不能，安東肚子裡的孩子讓我不能對電話裡的哭泣予以任何的回應。安東對我抱著電話遲遲不出聲感到疑惑，停下正啃著的那根雞腿朝我看，我向她報以一團微笑，她放心了，繼續啃起雞腿。她看不出我的心滴血了。電話中聲嘶力竭的慟哭是一根又一根的鋼針，它們在哭泣聲中起伏上下，一五一十十五二十地把我的心肺肝這一類的掛件紮成了一面篩子……

　　儘管我和安東處處謹慎事事小心，後來還是出了問題。孕期快要滿七個月時，安東的腹部開始出現陣痛的症狀。開始持續的時間較短，隔個十來秒就好了，後來持續的時間長了起來，間隔的時間則越來越短。安東就打電話問她媽媽。自從懷孕後安東在感情上越來越依賴她媽媽了，事無巨細都要請教或請示她媽媽。她媽媽一聽就急了，勸她趕緊去醫院檢查一下，說越是到最後越要小心，還說她的一個同事女兒在懷孕六個月時因為叉竹竿晾衣服而導致了流產。安東嚇壞了，當天下午便拽著我去了鼓樓醫院。

　　安東的產前定期檢查是在這家醫院做的，我們下一次的檢查時間應該是在一個星期之後，所以當我們出現時，負責為安東檢

查那位醫生很詫異，說不是下個星期四才到你們檢查的時間嗎？安東就把最近的不適說了。醫生大致地看了一下，說你的這種情況有點異常，短時間內很難判斷，住院觀察一陣吧！一聽要住院安東緊張起來，問醫生，不要緊吧？醫生說你不要緊張，以現在的症狀看問題不大，住院觀察幾天，如果沒有異常回家靜養就可以了。

辦完了住院手續後安東順利住進了產科病房。病房六人一間，其他五個人中有四個都已臨近產期住院待產，另外一個小葉則是住院保胎的。她連續兩年懷孕卻都在五六個月時意外流產。今年懷孕後怕重蹈覆轍，從孕期四個月後就住進醫院保胎了。

住進醫院後安東稍稍安靜了些，我看她沒什麼事就決定回家取點東西，安東卻不肯讓我走。我說很多東西都沒帶，太不方便，你睡一會兒，我拿了東西就回來。安東只好同意了。我剛到家醫院的電話就來了，說你愛人不舒服，趕快過來！我立刻又趕回了醫院，進病房時看見一個女醫生正在床邊翻看安東的病情記錄，周圍還有一圈的護士。床上的安東呼吸急促，臉上全是汗。醫生放下病歷，手輕輕按了按安東的小腹問什麼感覺？安東簡短地回答，脹。醫生站直身體，冷冷吩咐護士，準備把病人送產房。轉臉對我說，你愛人要生了，馬上要進產房，你們準備一下吧！我一下急了，說我愛人的預產期是十月十六日，還有一個多月的時間呢！醫生：是早產。

十月十六日就這樣在九月十一日的一個普通的黃昏下突兀地來臨了。

在送安東去產房的途中，她一再叮囑我要給她媽媽打個電話。安東進了產房後我在產房門口站了很久，腦子裡一片空白，

整個人都傻了。回過神來後我做的第一件事是給安東的媽媽打了一個電話，告訴她安東快生了，五分鐘前已經被送進了產房。她媽媽對這個消息顯然缺乏思想準備，在電話那端沉默了三五秒鐘，然後語速極快地說，小趙你聽著！你要鎮定，一定要鎮定，無論出現什麼情況都不能慌亂，如果有意外情況發生要立刻通知我……我和安東爸爸馬上去火車站，盡可能快地趕到南京，你的手機不要關，我們隨時保持聯繫……電話打完，一名護士跑過來通知我轉病房，說安東生了之後就要住到樓上的母嬰病房了，房間已經定好，讓我趕緊搬一下。我於是樓上樓下地一陣亂跑，搬好之後天已經黑了。

本來我以為生孩子過程會很快，一二十分鐘或者一二個小時就可以完成。轉移好病房後我守在產房門口一步都不敢離開。十分鐘很快過去了，很快一個小時也過去了，安東方面遲遲沒有動靜。產房前有一個休息廳，裡面放著一些沙發和桌椅，是院方專門為等候的家屬設置的休息區。一些待產的產婦家屬都在裡面坐著，有的看報紙，有的在竊竊私語，休息室還有一些空位，但是我卻坐不住，剛坐下就忍不住站起來走動一番，屁股上長了彈簧似的。產房正對著休息室，不時有護士出來叫，誰是某某某家屬？休息室中就有人站出來，我是。請問有什麼事？護士說某某某已經生了，半個小時後出產房。或者說某某某要吃東西。該家屬就會把整備好的飯盒交給護士帶進去。有一些性急的家屬這時會上前詢問護士，請問某某情況怎麼樣了？護士對此詢問一般不多搭理，等著吧！有消息會通知你們的！

一小時過去了，又一個小時過去，時間在分分秒秒地流逝著，安東那邊始終沒有動靜。我守在產房前不敢離開半步，後來

尿急了，忍了半個小時後實在忍不住了，對一個五十多歲中年婦女說，阿姨，我愛人在產房生產，我去一下洗手間，如果有護士來叫我，請你跟她說一聲我一會兒就回來。中年婦女說，說好的，你去吧！中年婦女姓朱，是來陪兒媳生產的。陪同的人中還有她的老伴和他三十歲的兒子。她對我挺同情，說怎麼就你一個人啊？家裡大人呢？我說我愛人家在外地的，本來我們的預產期是下個月，沒想到早產了，大人們正往南京趕。朱媽媽看我空著兩手，你就這麼空著兩手嗎？朱媽媽說你看看你這孩子怎麼這麼渾呀！要給產婦準備點換的衣服，再買一點衛生紙和吃的東西，最好是連湯帶水的。生孩子這麼大的事情，你怎麼也不問問家裡的老人啊！我愣住了，我沒想到生個孩子會如此瑣碎。我搓著手原地轉著圈子，那可怎麼辦啊？朱媽媽說，你要不抓緊時間回去準備，這邊我先幫你盯著。你留個手機給我，有事我給你打電話你就趕快回來。

　　我先回家給安東拿了一點衣服，又去超市買了一些食物以及衛生用品。在超市時我接到安東媽媽的一個電話，她告訴我她和安東爸爸晚上沒買到火車票，只好包了一輛計程車，現在正在路上。我也將這邊的情況向他們簡單介紹了一下。買好東西趕回醫院已經是夜裡零點了。那一群待產的家屬已經消失了一多半，剩下的三三兩兩地站在電梯口。朱媽媽的兒媳半個小時前生了，產婦和嬰兒都已經被轉移樓上的母嬰病房，朱媽媽和兒子照顧兒媳去了，產房門口留下了她老伴等我。老人告訴我這一陣沒有安東的消息，說看來你還要再等一陣了。我向他道謝，老人擺擺手，不客氣！有什麼事情你儘管找我們。還把他們的病房號告訴了我。

老人上樓去了，我提著東西走到休息室卻發現休息室的大門已經被鎖上了，裡面漆黑一片。我向身邊的一個女的打聽，大姐，休息室怎麼關門了？那位大姐說，休息室每天只開到淩晨12點。我說那我們這些待產家屬連個休息的地方都沒有了？大姐說可不是嗎，醫院也太缺德了。我這才明白為什麼家屬們都集中到電梯口原因。電梯口的燈夜裡是不關的，周圍牆角還有一些塑膠椅子，家屬們散坐在椅子上，神情全朝向產房的方向。

我在大姐身旁的一張椅子上坐下。大姐姓李，是陪女兒來生產的。我看她是一個人心生疑惑，問大姐是一個人來陪產的？大姐說她是和親家母一起來的，她女兒昨天晚上進的產房，原以為很快會生的，可進了產房後卻遲遲沒有生出來，她和親家母在產房外面足足守了十五個小時，最後實在受不住了，她就讓親家先回去休息一下，等會再來換自己。我說生孩子要這麼久嗎？大姐說有的長有的短，長的一二天，二三天都有，短的剛進產房就生也有。問你媳婦是什麼時候進去的？我說晚上五點多。我們這麼東一嘴西一口地閒聊，在此過程中大姐不時起身到產房門口面朝牆壁張望一下。我好奇地問大姐你看什麼呢？大姐說你不知道？黑板上有產婦的進展情況，產房的護士隔一個小時就要更新一次的。我還不知道有這麼回事情，起身跑過去，產房門口的牆壁上果然掛著一塊小黑板，黑板上列著四五個產婦的名字，安東赫然在列，位次第三。安東：宮口開兩公分。黑板上的其他幾位產婦宮口開得都比安東要大，最大的已經開了七公分。兩公分到七公分還有漫長的五公分，假設那個宮口已經開了七公分的產婦是大姐的女兒，那麼由此可以推衍出我在產房門口起碼還要待上十到二十個小時。這實在是一件讓人沮喪的計算，這種計算甚至都不

具難度，讓你連算錯的機會都沒有。

　　大約過了二十分鐘，大姐的女兒生了。大姐像一根被突然地啟動的馬達，嗡地一聲轉動起來，樓上樓下一陣忙活，又是收拾病房又是送水送食物的，接著便哇啦哇啦給家人親戚打電話，電話沒打完產婦被推出來了。產婦躺在推車上，旁邊放著一個枕頭大小的嬰兒，嬰兒被包裹得嚴嚴實實的，只露出一個鉛球大小的腦袋。大姐趕緊過去抱起嬰兒，嬰兒哇地哭了起來，大姐就笑了，臉色燦爛。手推車、嬰兒、大姐這一干人物走過我身邊，我對大姐輕輕說了一句，祝賀你！

　　產房前短暫的喧鬧複歸沉寂。那個腦袋猶如鉛球的嬰兒甫一出生便占了我在生活中僅有的一位交談對象。現在產房門前除了我還剩下兩撥人。人數多的一撥有五六個人，起初這撥人一直在說話，聲音還大，亂糟糟的。後來累了，東倒西歪靠在椅子上打起盹來。大姐女兒被推出產房那一陣他們被驚醒了一下，又繼續睡去了。另一撥是一個中年婦人和一位二十歲左右的女孩子，看起來像母女倆。兩個都很漂亮，且分屬不同的漂亮類型；女兒臉蛋俏麗長髮披肩；母親則溫和沉靜神情遼遠，有點像年老之後的電影演員秦怡。我總是對具備這種神情的女性情有獨鍾，只是這種神情在年輕的女性臉上是絕難看到的，也許只有當年輕的女性進入老年之後，我所仰慕著的屬於女性的那一絲光輝才得以從容綻放。由此想到自己的婚姻。假如理想的婚姻是由愛催生的，那麼我應該等到天下所有的女性都老了之後再結婚的！

　　靠在椅子上胡亂想著想著就睡著了⋯⋯

　　手機響了。我迷迷糊糊摸出手機，是安東媽媽。我以為他們到了，騰地站起來問，你們在哪裡？我下去接你們！安東媽媽說

我們還沒到，汽車拋錨了，司機師傅正在修，安東情況怎麼樣？生了沒有？我說還沒，看樣子還得一段時間。安東媽媽說那就好，我們保持聯繫。

掛了電話後我又到小黑板前看了一下。資訊已經更新了，黑板上只剩下兩個名字。安東的名字後面標注的數字是四公分。回到座位上我才發現那一對母女已經不見了，想必她們等待的那位產婦在我睡著時悄然完成了生產任務，被護士連同新生兒一起轉移到樓上去了。另外的那一撥人還在繼續打著盹。我掃了他們兩眼又迷糊起來。

再次醒來已經是早晨八點半了，此前的半小時或者一小時前我迷迷糊糊地被一個護士推醒過，她說休息室已經開了，你可以進去休息了。我坐直身體朝她喔了一聲，她一轉身我又睡著了。再醒來時電梯口聚了很多人，亂糟糟全是人聲。我摸出手機一看已經八點半了，趕緊到黑板前看了一下，我所關心的那個數字已經悄無聲息地長到六公分了。趑回到座位前將為安東準備的兩個大塑膠袋提著去了休息室。我把兩個大袋子放在一個沒人的角落，然後出來，沿著走廊一直走到盡頭進了衛生間。我在一個水龍頭前用手抄著水洗了一下臉。洗完臉後人稍稍清醒了一些。在窗戶前有個胖子正在抽煙，我猶豫了一下走過去，你好！能給我一根煙嗎？胖子冷冷看了我一眼，掏出一根香煙給了我，我接過香煙伸手向他比劃了一下打火的姿勢，他再掏出打火機為我點上香煙。我舒服地抽了一口煙，感激地想和他聊點什麼，胖子卻一扭身走了。他難道怕我再跟他要煙麼？

我伏在窗戶前默默地抽著香煙。今天的天氣不錯，陽光燦爛得近乎純粹，沒有一點雜質，貼著地面和牆壁一路鋪陳而去，翻

過樓頂爬過街道落向了對面一所大學校園中的綠茵場上。那是南大的足球場。球場上有一夥人在踢比賽，他們跑動時陽光也跟著微微晃動了。

對陣的雙方一方是留學生隊，另一方是中國人。留學生一方中有一個女的，那是杜麗，與她打相對位置的那個中國人是個小個子。我很喜歡他。是的，我很喜歡這個小個子。

小個子連續兩次帶球想從杜麗的位置突破，都被杜麗成功地攔截了。這讓他很惱火，接下去動作也大了，竟然對著杜麗就一個飛鏟……我看不下去了。一個男人以這種態度對一個友好國家的異性是讓人無法接受的……小個子男人又一次帶球向杜麗衝過去，杜麗對他的過人動作和意圖已經了若指掌，將自己的身體往左一橫，準確地阻隔了他的運行線路，眼看著他的球又要被杜麗斷下了，我情不自禁地喊了一句，打她屁股！快！小個子男人自然揮起的胳膊順勢打在了杜麗豐滿的屁股上。杜麗被打得一愣，撲哧笑了起來，球也不搶了，捂著屁股站在原地笑個不停。其他的球員轟地一聲跟著大笑起來，小個子球員乘機將球趟過了杜麗……

這時手機響了。是安東媽媽。我們到醫院門口了，你在哪裡？

我說你們等著，我馬上下來……

我最後掃了一眼那個小個子男人。他也注意到我了，站在球場上愣怔著打量著我。我們的視線在半空相遇，相視一笑。

祝你玩得愉快！趙剛。

我默默說了一句，離開了窗戶。

流　淌

　　我這人善感、脆弱還有點悲天憫人，常常因為生活中一點屁大的事而心焦神慮，或者為一部電影裡傻乎乎的男主角那雜亂無章的言行而樂不可支。今年的夏天剛剛展開，我無來由地為富人們擔憂起來——非常適時的一種同情。

　　這一陣南京挺熱，熱得令人煩躁，許多單位下午已經不開工了。這期間我沒什麼事，早晨起來到夜裡睡覺基本上都是閒著兩手。除了吃飯和上廁所。人儘管沒事但是精神還鉚得挺足，一個白天不帶打個盹的，精神煥發紅光滿面，就好像快發生一點令人興奮的事似的。因為天氣太熱，我也不想出門，一個人悶在家裡窮等夏天過去。有一天晚上剛吃過晚飯我就睏了，身子軟軟的連澡也不想洗了。八點鐘左右，我打了一盆水洗了洗腳準備上床睡覺。剛坐下來把腳伸進盆中，房間裡的電話鈴響了，我騰地從腳盆中抽出腳，濕漉漉地跑進房間拎起話筒。話筒裡一個粗嗓門在喊：「喂，我是老秦。非常抱歉我臨時有點事，今晚沒時間跟你見面了。改天吧，改天我請你！」他的語速挺快，似乎有什麼危險的事在緊追著他的屁股。我說：「你說什麼？我怎麼聽不大明白？」話筒裡的聲音急了，說：「就這樣吧，就這樣吧，下回我再向你解釋！」啪地把電話掛上了。我怔怔地在電話旁邊站了一會兒，地板上清晰地印著一串腳印，悄無聲息地從客廳飛快跑進了房間。我搖搖頭重新走回客廳坐下來，將腳伸進腳盆中，帶著

腳印。

　　一切收拾完畢，我坐在床上看了一會兒報紙，然後就睡下了。正迷迷糊糊著，電話又一次響了，我坐起來拎起電話，出乎意料的是這次話筒裡傳出的是一個女聲：「喂，請問是初安民先生嗎？」我說：「小姐你是不是打錯了，這裡沒有人叫初安民。」女聲問：「那請問先生你的電話號碼是多少？」我說：「33235678。」她說：「對呀！是這個號碼呀！」我問她：「那你能告訴我這個號碼哪來的？」女聲說：「是這樣的！我是秦先生的秘書，他本來跟你約好晚上見面的，但是因為臨時有點事就取消了。」我一下想起了一小時前地板上那一串濕漉漉的腳印，說：「這我已經知道了。一小時前他打過電話了。」女聲說：「但是現在情況又有變化，秦先生還是想在今天晚上跟你見上一面。他給了我這個號碼讓我打電話通知你，希望半小時之後能跟你見上一面。」我沉吟了片刻對她說：「小姐我有點事不明白，能問問你嗎？」她說：「初先生你請說。」我頓時怒不可遏，朝著話筒喊道：「我不姓初！也不叫什麼初安民！」電話裡聲音短了一短，柔軟地說了一句：「對不起！」我說：「沒什麼！」短暫地沉默之後，她又重複道：「先生你有什麼事請說吧！」我咽了一口唾沫，「那個秦先生究竟是幹什麼的？他怎麼會認識我？」她在話筒裡沉默了一會兒說：「這兩個問題你應該比我更清楚呀！秦先生說你跟他是十幾年的老朋友了！」顯然此路不通，我於是換了一個方向問：「那麼你能告訴我秦先生是什麼人嗎？」電話裡遲疑了一下，「你們不是好朋友嗎？怎麼會連他的情況都不知道！」我歎了一口氣「唉──！你讓我怎麼說呢？我印象中的確不認識他，更談不上有多熟悉。」電話裡的人

說：「這應該不可能！」我問她這話是什麼意思？她說「這意思就是說秦先生不可能約一個陌生人會面的。所以你們倆肯定是認識的！你知道現在生活節奏很緊張，有時你走在大街上突然遇到一個熟人，你們又是擁抱又是握手的，可老半天都叫不出對方的名字。」這個比方很有點意思。我插話說：「由此看來這倆人還是不認識！」話筒裡的小秘書立刻反駁：「恰恰相反！他們的確是認識的，只是那一刻的記憶上出了一點小故障。你知道當一個人面對另一個人的時候，他的記憶會提示並最後預設對方身上的一些特徵、包括語言習慣甚至氣味——身體中散發出的氣味等等。只有等雙方都覺察並確認這一點之後他們才會被各自的身體允許去相互擁抱、握手什麼的。先生你說對嗎？」我得承認這個秦先生的秘書的確是一個聰明人，她對一些事情的分析十分縝密，細緻，因此具有相當的說服力。我忍不住笑了一聲。她立刻抓住機會問：「先生你同意赴今天的約會了？」「不，我並沒答應你什麼！」我說。話筒裡沉默了，過了約半分鐘她怯生生地懇求道：「先生！請你也幫我一個忙好嗎！」我謹慎地問：「什麼樣的忙？」她說：「請你無論如何要來一趟。你知道我是一個秘書，本來秦先生對我就不太滿意，如果連這件事都辦不好他會炒掉我的，而我不想失去這個工作。我一人在南京，一旦沒有了工作……」她的聲音越來越低，幾近啜泣。本來我對她這一近乎無理的請求完全可以置之不理的，可就是開不了口拒絕。猶豫了一會兒後便對自己失去了信心，說：「好吧，我答應你！」電話裡頓時傳出一串清脆的嬌笑，「謝謝你先生！」然後約定時間、地點以及辨認的特徵之後我掛上了電話。需要補充的一點是約會的地點。本來她提議在一家什麼酒店見面的，我考慮到那一帶接近

郊區，我人生地不熟況且又是單身一人便建議在鼓樓廣場見面。她答應了。

鼓樓廣場是南京最大的一家市民廣場，以前南京一有什麼群眾集會、遊行一類的事這裡便湧滿了人，是是非非的，即便平時也是人來人往的。選擇這樣一個熱鬧的場所與一個陌生、神秘且帶有一點危險成分的人物會面應該是比較安全的吧！我這樣想。

我是九點鐘準時從家裡出來的，沒乘車，安步當車地走了約二十分鐘就到了鼓樓廣場。出乎意料的是儘管時間已這麼晚了，鼓樓廣場上仍坐滿了遊人，大多是年輕的情侶，他們成雙成對地佔據草坪邊上的石凳，無所顧忌又互不打擾地摟摟抱抱，行為怪異。距離約定的時間還有十多分鐘，我在廣場上隨便走了一圈。鼓樓廣場今年重新修建了一番，範圍擴大了近一倍，除了新添了兩處草坪之外，還用一種酷似花崗岩的那種石頭重新鋪了地面，此刻在附近燈光的作用下，整個廣場顯得愈發地整潔光亮並且還很寬敞，寬敞得連眼前的大街都似乎變得低矮了許多。

九點半鐘，約定的時間和標誌準時出現了。一個二十五六歲左右的女子手裡拿著一張捲成筒狀的報紙，迎著我的視線一路走了過來。「請問是初……先生嗎？」她穿了一件湖綠的長裙，長得不算漂亮也不算醜，一個適中的人。這樣的女人是女人群中最普遍的一個種類，是最容易被你在大街上見到又是最不容易留下印象的那一類女人；她們就像一滴普通意義上的水一樣，一走上大街便會溶化在其他女人中間了。我無奈地一笑點點頭，「秦先生呢？」見我沒有責怪她，她放心笑了，說：「秦先生讓我們等他一會兒，他馬上就到。」我有點不快，可既然已經出來了，也沒必要再斤斤計較了。我四下看了看，徵詢她道：「我們是隨便

走走，還是找個地方坐坐？」她扭頭打量了一下，指著遠處一個空石凳子說：「我們先去坐一會兒吧。」空石凳處於兩片草地之間，與其它的石凳相比要高一些，她坐上去之後兩條腿就夠不到地面了，一下一下來回地晃動著，鞋跟富有節奏地輕輕磕碰著石凳的下部，叮咛叮咛的，於是整個人便有了一種與她的年齡極不相稱的活潑。石凳小了點，兩個人坐下來便挨到了一起。天氣還是很熱，她的身上散發著一股汗味，不過並不難聞。等坐定後我問她：「今天到底是怎麼回事？搞得我直到現在都還糊塗著呢！」她怯生生地看了我一眼小聲地說：「我真不知道是怎麼回事！聽秦先生口氣你們應該是非常熟悉的。就在剛才分手時我還問他你們之間究竟是什麼關係……」「他怎麼說？」我迫不急待地問道。她搖了搖頭，「他什麼也沒說，只是哈哈笑了一陣。他讓我轉告你，說讓你安心地等他一會兒，等一見到面你就會明白的。」又瞟了我兩眼，笑了，不無好奇地說「看你的樣子應該和秦先生不是一個類型的。你究竟是幹什麼的？」我反問道：「秦先生是什麼類型的人？」她說：「我先問你的，你應該先回答。」我笑了，說：「雖然我不清楚那個秦先生究竟是幹什麼的，但是憑直覺卻知道你是一個好生意人！」她愣了一愣問：「為什麼？」我說：「你想呀，自己什麼都不說也就算了，還總希望從別人嘴裡掏出一點什麼，這難道不是典型的商人作風！」她噗哧一聲樂了，「你這人倒挺風趣的，這反倒讓我對你更加好奇了。」我說：「其實告訴你也沒什麼。我是一個自由職業者，用政府官員的話來說就是社會閒散人員。」她搖搖頭，「不像。」我說：「這是千真萬確的。我不騙你！」「那你靠什麼生活呢？」我猶豫了一下還是老老實實地說：「寫小說。」「你是

作家！」她的聲音頓時提高了八度，引來周圍人的齊齊的一片側目。她朝我吐了一下舌頭，歉意地一笑，然後悄悄地說「我挺喜歡看小說的。能告訴我你的筆名嗎？」「李衛。木子李，保衛的衛。」她顯然對這個名字很陌生，想了一會兒剛要說話我一抬手。「得了！我不出名，你也別瞎琢磨了。」她笑了，說：「我其實看的並不多，知道的作家更少，國外和國內的加起來也不超過十個。我問她除了國外的你知道國內的是哪幾個作家？她又想了一下，掰著手指說：「王朔、蘇童，還有葛……葛優！」我補充道：「還有馮鞏、牛群……」她一愣說：「不對吧，這兩人好像是說相聲的。」我哈哈一笑。

跟一個無知的人聊天絕對是一件輕快活兒，不知不覺地一個小時就過去了。這時候籠罩在城市上空的那一份出自白晝的炎熱已經減弱，不知從什麼時候開始的，廣場上憑空產生了一絲風意，一些遊人乘著風勢陸陸續續地起身回家了，廣場上便空曠了許多。我們又聊了一會兒，最後還是我反應過來，問她：「怎麼回事？秦先生怎麼還不來？」她抬起手腕看了一下手錶也說：「是啊，他說一刻鐘之後就到的。恐怕是突然有什麼意外的事情耽擱了！」我故意抬手看了一下手錶，說：「喲！都11點多了！」回頭向她徵詢道「你看今天是不是就算了吧？如果有事以後再找機會怎麼樣？」她想了想無可奈何地說：「那也行！」又說，「今天實在抱歉了！」我連聲說：「沒事，沒事的！」

入夏以來我一直在寫作一部長篇，在那個所謂的秦先生出現之前，進展一直很順利，但是自一個無端的電話開始，我的靈感被中斷了。接下去的兩個星期裡我的思想和精神全集中在那個秦先生和他的那位女秘書的身上。奇怪的是自那天之後，那個秦先

生再也沒有打來電話，他彷彿失蹤了似的，或者世界上根本沒有這個人，他也從來沒有給我打過任何一個電話，同樣我也沒有和那個女秘書在鼓樓廣場等他直到深夜。那一段時間我有一種幾乎病態的感覺，老覺得自己房間裡的電話會突然響起來，這份擔心也打亂了我正常的生活，每天晚上睡覺前，有意無意地都要在電話機旁等上一段時間，平時有好幾次正上著衛生間時，似乎聽見房間裡的電話突然急促地響了起來，趕緊提著褲子衝進房間卻發現電話紋絲不動待在那裡，根本就沒響。就這樣，因為一個近乎荒誕的原因，我被一部電話機給俘虜了，整個人就像一個倒楣的囚犯似的守著電話機過了一個多星期。說來也怪，這一個星期裡我的電話一次也沒響，連以前經常沒事跟我通通電話的朋友們這些日子也都沒了動靜，這愈發加重了我內心中的不安，我老覺得自己有什麼地方出了毛病了，可這毛病究竟出在哪裡自己卻並不知道。我在這一份緊張的心情中磨磨蹭蹭地過了一個星期之後，電話才重新響了起來。當時我正在房間裡看一份報紙，電話鈴突然毫無預兆地叫了起來。那一刻我都有點糊塗了，等鈴聲嘟嘟嘟地一連響了數次之後才反應過來是電話。我抓起話筒後聽見一個女聲急惶惶地問：「請問是李先生嗎？」我說：「是！請問是哪一位？」其實這時我已經聽出了那個聲音。她說：「我是秦先生的秘書小聞。」我說：「你好！你好！好久沒見了，最近忙什麼呢？」她沒有和我寒喧，急切地說：「李先生，有一件事請你無論如何幫幫忙！」我一愣，小心地問：「什麼事？」她說：「請你到福昌飯店來一下，等見面之後我們再詳談。」我說：「這不大好吧，有什麼事電話裡說好了！」她說：「這事一時半會兒說不清楚，還是等見了面再說吧！」又連聲說，「就這樣吧！二十

分鐘後我在飯店的大廳等你！」啪地一聲把電話掛上了，根本不容我表示異議。

我抓著話筒犯了一會兒傻，話筒嘟嘟地叫喚著。應該說我對於這個電話的再次出現是有足夠的心理準備的。這一段時間以來，我幾乎可以說是在盼著這個神秘的電話的再次出現，因為我只有通過這個電話才有接近那個神秘的秦先生。但是問題在於那個一直被我期望和預料的秦先生並沒有直接出現，而是借助於他唇邊的某一根鬍鬚在刺激和撥弄著你，並不將自己的臉暴露給你；他使用一切可能和行之有效的方法隱藏著自己，但是絕對不想輕易放過你，就像主宰我們每個人的命運，那漆黑的，佈滿了危險和荒謬情節的人生，或者一面巨大的影子，將我籠罩在他巨大翅膀下面，以一種人為製造的神秘感在向我示威，希望在與我面對面之前便將我的心理和精神擊潰。現在放在我面前的有兩個選擇，一個是去，一個不去。如果不去，那麼無疑是在表示自己對於他的屈服，這意味著投降。這種結果並不能保證他從此以後便放過你了，就像命運有時對徹底喪失鬥志的人網開一面，但是有時會變本加厲地給你致命的一擊，你根本無法預測也無法保證這一點。

半個小時後，我按照約定的時間和地點來到了本市一家大酒店。寬敞的大廳裡燈火輝煌，腳下的大理石地面光芒倒映，水一般微微晃動——猶如水一般微微晃動著。大廳裡的人並不多，只有不多的幾個服務員靜靜地佇立各自的位置上，偶爾的交談也是極其小心，聲音壓得很低，一絲隱約的音樂正順著這一份的靜謐蔓延。在大廳的一角，那個所謂秦先生的女秘書小聞正坐在一張沙發上，看見我時向我招了招手。我走過去，「秦先生又沒

來?」她點點頭,「他上個星期去北京了,要到下個星期才能回來。」我問:「那你今天找我有什麼事?」她笑了一下說:「想請你幫我們請一次客,」問,「可以嗎?」這個回答出乎我的意料,問「請客?請誰?為什麼?」我的一番追問讓她感覺到一絲不適,她調整了一下坐姿回答說:「本來這次請客是秦先生去北京之前定下的,請的人都是跟我們有業務關係的客戶。但是因為秦先生臨時去北京有事趕不回來,而請客的時間又通知了客人們,所以只能按原定的計畫進行了。」我聽了半天還是覺得不明白,又問:「我還是有點不明白這跟我有什麼關係。我是說你們沒有我也一樣可以請客的。」這時突然意識到一點什麼,不無緊張地問了一句,「難道你們是打算讓我幫你們出錢?」她噗哧一聲樂了,說:「這個你請放心!我們雖然不是什麼大公司,但是一頓飯還是請得起的!」我說:「那我就更不明白找我究竟有什麼必要了?」「是這樣的」,她看了我一眼說,「我們這次主要請的是與我們有業務往來的客戶,是為了以後的生意相互聯絡一下感情。因為是以秦先生的名義請的客,因此決定了秦先生必須到場,否則別人會有想法,可現在秦先生一時半會兒又趕不回來……」她說到這裡時停了下來,兩眼直直的盯著我。我咳了兩聲說:「我好像有點明白了。你是不是想讓我代秦先生出席?」她說:「不是代替而是以秦先生的身份出席今天的宴會。」我說:「這就不對了。」她緊張地問:「怎麼?你不願意?」我說:「不是不願意而是覺得不大現實。既然今天請的人都是你們的客戶,那麼他們應該和秦先生是比較熟悉的,假如我以秦先生的身份出現,他們難道會認不出來?」她說:「這個你就別擔心了!今天來的客人都沒見過秦先生,平時他們有什麼事都是我接

待的。」我思索了一下，覺得這話從邏輯上勉強可以過得去，也就沒再多說什麼。然後問了一個關鍵的問題：「請客的時間定了嗎？」她微微一笑說：「已經開始了！」

宴會是在這家酒店的中餐廳舉行的。是一個包間。我和小聞進去時，已經有七八個人圍著一桌菜等著了。小聞一進門就大聲宣告：「諸位，秦先生來了！」七八個人一起站起來，堆著笑臉向我打招呼。我向他們拱拱手，然後在一張空座位上坐下來，小聞則坐在與我相鄰的一張座位上。在座的七八個人基本上都屬中年的範疇，從表面上無法判斷他們所從事的職業，有幾個感覺像是中學裡的老師，另有一二個則像是大街上踩三輪的，與想像中的生意人的形象大相徑庭。坐在我另一邊的是一個大胖子，微微有點謝頂。這人的嗓門很高，一說話便震得整個包間裡都是聲音，而且有極強的說話欲望，我剛坐下他便勾著腦袋自我介紹了一番，伸手從口袋裡掏出一張皺巴巴的名片說：「秦先生！我們換個名片吧。」我接過他的名片，嘴裡說：「很抱歉我的名片忘帶了。」他咂了一下嘴，狐疑地看了我一眼，眼中流露出些許的遺憾和失望。我想了想，說：「要不我給你寫一個電話吧！」話剛出口，坐在一邊的小聞急忙插進來說：「秦先生！我這兒可能還有你的名片！」她打開隨身帶著的小包，兩隻手埋進包去翻了一會兒後，抽出一張名片繞過我直接遞給了胖子，臉轉向其他人抱歉地說：「對不起！只剩下一張了！」胖子接過去看了一眼便塞進口袋裡去了。小聞適時地端起面前的酒杯說：「今天很感謝諸位賞光，我和秦先生先敬大家一杯！」眾人紛紛響應。兩杯酒下肚後，席間的氣氛熱烈了一些。客人們的精神全都集中到酒菜上，忽略了我。

這一桌菜很豐盛，有蝦、蟹、甲魚等當下季節裡難以見到的菜肴。席間服務員不停地穿梭上菜，往往一道菜還沒吃上兩口，已經被換上了另一道菜。這一桌不停變換的菜肴將所有的人刺激得胃口大開，儘管空調給得挺足，一個個仍然吃得大汗淋漓。但是我的興趣卻不在這上面，我一直在想著那一張名片，那一張本應該屬於那個所謂秦先生的，最後卻莫明其妙成為我的名片。因為這一份隱秘的心緒，使得我對桌子上的菜始終提不起勁頭，我的注意力全部集中在身邊的那個胖子身上。一開始胖子似乎還對我有點興趣，頻頻地約我舉杯灌酒，但是我自知沒有他的那份酒量，所以喝得較為壓抑，每次共同起杯後胖子總是一飲而空，我卻只敢微微抿上一小口。兩回下來胖子便對我失望了，轉臉瞄住了一個長頭髮的瘦子。這個瘦子顯然也是個酒鬼，特別地饞酒且不知掩飾。海量豪飲酒到杯乾，甚至連菜都不怎麼吃。胖子的這一份認真勁阻礙了我對於他的算計，有幾次我故意沒話找話地想把他從酒杯中勾引出來，卻總是難以如願，他最多扭頭簡單地敷衍了一句半句便又轉臉和瘦子喝了起來；偶爾的一兩次，胖子幾乎被我故意設置的某一個話題激起了些許的談興，剛要接過嘴去，一邊的小聞突然插進來打斷這一切。她似乎洞悉了我內心中針對胖子一直顫動著的隱秘心思，根本不給我任何一點可乘之機。一來二去我就對此失去了信心。我終於知道只要有酒和小聞在，我的計畫便無法真正地實現。

又坐了一會兒，乘著服務員一次上菜的機會，我大聲問她衛生間在哪裡。服務員說：「出去上樓再向右手一拐就是。」我起身出去了。出門後我沒有立即上樓，招手喚來一名服務員吩咐她說：「等二分鐘後你去包間找一個大胖子，就說他有一個朋友在

樓上等他。」服務員愣愣地一時沒反應過來。我掏出一張鈔票往她手中一塞轉臉上樓去了。進了衛生間，我先走到小便池前掏出傢伙可有可無地撒了一泡尿，完事後抖撒了一下收拾起來，到水池前沖了一下手，然後便在衛生間踱起了方步。約莫七八分鐘過後，樓梯上響起一陣有力的腳步聲。我探頭朝外看了一眼果然是胖子。他東張西望尋尋覓覓地一路走過來。我朝他吹了一聲口哨，他便看見了我，走過來一步跨進衛生間說：「奇怪！剛才服務員說我有一個朋友在樓上！」我說：「那是我讓服務員這麼說的！」他詫異地問：「為什麼？」我說：「這事等會兒跟你解釋，你先把我的那張名片借我一下吧！」胖子問：「這到底是怎麼了？」我說：「真沒什麼！只是我暫時需要用一下！」胖子儘管不大樂意，還是伸手掏出了那張名片遞給了我。突然一笑，小聲地對我說：「秦先生你是個爽快人，我能不能跟你商量一件事？」我一邊把名片裝進口袋一邊說：「你儘管說！」胖子嘿嘿一笑，有點羞怯地說：「你的秘書挺……挺不錯的！你要是不在意的話，我想……嘿嘿……我想……」我一愣，心中不由的好笑，說：「沒事！你大膽地衝，我不會在意的！」胖子頓時大樂，伸手重重的一拍我的肩膀，大聲說了一句：「我就知道秦先生夠朋友！」轉身走到小便池前解開褲子說，「你等我一會兒！」我故意拖了二秒鐘，等到他開始撒了起來，才說：「我還是先下去等你吧。」我的話使得他兩腿間那一股勁道十足的尿流突兀地短了一短，嘴裡著急地說了一句：「我馬上就好，你等我一塊走！」但是我已經出來了，沒理他。我快速地下樓，路過包間時也沒停下，在服務員的詫異的眼神中徑直地走出了飯店。

　　出了飯店我招手要了一輛計程車，一貓腰鑽了進去。司機

問：「去哪兒？」我說：「你先往前開！」司機默不作聲地將車子開了出去。透過車窗我最後朝飯店門口瞄了一眼，沒發現有人追出來。出了飯店拐過一個彎後便上了大街，隨著速度的不住提升，車窗外的景色急促地晃動、流逝。我從口袋裡掏出那張名片端詳了一會兒。這是一張四十克斜紋紙印刷的名片，左上方印著人名：秦萬里，右邊稍下是一排位址、電話、郵編什麼的。我來來回回地看了好一會兒，對司機說：「麻煩你幫我找一個公用電話廳，我要先打一個電話。」司機應了一聲，車子向前開了沒多久便上了慢車道，然後在路邊一家掛著「公用電話」招牌的小雜貨店門口停了下來。我下車走到櫃檯前抓起話筒照著名片上提供的那一串數位開始撥號碼，一串長音之後，話筒裡響起了一個聲音：「對不起！您撥打的號碼是空號，請查實後再撥！」這個聲音一連重複了兩遍。我不甘心，又重新撥了一遍，結果依然。我只得掛上電話。

回到車上後司機問我：「先生！還是繼續往前開嗎？」我思索了一下，將手中的名片遞給他，說：「你知道這個位址嗎？」他接過名片看了一眼，嘴中喃喃念叨：「七里街月牙湖三幢216。」對我說，「知道的，就在夫子廟那一帶！」我說：「那好！我們走！」道路被一陣突起的速度扯緊，視線中景物的更迭愈發地快捷。已經是黃昏時分了，暗淡下去的光線正像燈一樣被速度照亮，無數的身影和面孔在最後一層暗淡、透明的光線中沉浮並閃爍。孩子們行進在衰老的途中，悲哀的黃昏與光線正將他們中間的某個人的命運牌一樣抽出，梅花或紅桃那致命的一擊將使你手中的一把黑桃頓時失去原有的顏色和意義。

車子開得很快，沒一會兒便到了夫子廟，再往前是禁區，機

動車無法進入。我付了車費後下了車，邊走邊問，很容易便找到了名片上的地址。這是一幢新建成的住宅樓群，我按照名片上提供的數位爬上二樓，摁響了門鈴。幾乎是在門鈴聲乍一響起，房門就開了，一個女子笑吟吟依門而立，神情中隱約著一絲頑皮的神情。「我知道你會來的。」她說，而我再次被一份意外驚得目瞪口呆，傻傻站在樓梯上說不出話了。她饒有興致地看了我好一陣，最後點點頭說：「你如果想和我結婚必須答應我三個條件。」我問：「哪……三個條件？」她扳著手指說：「第一不許打聽我的名字。」我說：「今天的天氣的確很好！」她接著說：「第二不許打聽那個所謂的秦先生是誰。」這一條讓我稍稍猶豫了一下，最後還是狠狠心說道：「其實我可以戒煙的。」她點點頭，又說：「至於第三個條件嘛……」看了我一眼，「算了，只要你答應這兩個條件，第三個條件也就不重要了。」我遲疑了片刻還是說：「只要中國隊再贏一場，就算我輸了。」她說：「行！」

　　那天晚上我們倆是在一輛「紅旗」轎車裡度過了新婚之夜。那是一輛老式國產的「紅旗」轎車，氣派非凡，我甚至懷疑這是毛主席生前坐過的那輛車了。那天晚上我開著車子在大街上撒著歡兒瘋跑，速度將身體刺激得都快僵硬了，因此影響了駕駛技術的正常發揮，車子跑的彎彎扭扭的，有幾次急拐彎時幾乎都快翻掉了，引得我身邊的人哇啦哇啦地一個勁地叫喚……再後來車子似乎脫離了我的掌握，流淌一般地向前自動滑行，就好像這輛汽車此時此刻已經不是用汽油而是用夜空中那滿目的星光和我心中那突然而起的一陣接一陣的衝動與幸福作為驅動燃料的……

　　啊，滿天的星光能證明我那天十分幸福！

釀文學138　PG0914

 賣鬼記
　　——趙剛小説精選

作　　者	趙　剛
主　　編	蔡登山
責任編輯	林世玲
圖文排版	陳姿廷
封面設計	王嵩賀

出版策劃	釀出版
製作發行	秀威資訊科技股份有限公司
	114 台北市內湖區瑞光路76巷65號1樓
	電話：+886-2-2796-3638　傳真：+886-2-2796-1377
	服務信箱：service@showwe.com.tw
	http://www.showwe.com.tw
郵政劃撥	19563868　戶名：秀威資訊科技股份有限公司
展售門市	國家書店【松江門市】
	104 台北市中山區松江路209號1樓
	電話：+886-2-2518-0207　傳真：+886-2-2518-0778
網路訂購	秀威網路書店：http://www.bodbooks.com.tw
	國家網路書店：http://www.govbooks.com.tw
法律顧問	毛國樑　律師
總 經 銷	聯合發行股份有限公司
	231新北市新店區寶橋路235巷6弄6號4F
	電話：+886-2-2917-8022　傳真：+886-2-2915-6275

出版日期	2013年4月　BOD一版
定　　價	230元

國家圖書館出版品預行編目

賣鬼記：趙剛小說精選 / 趙剛著. -- 一版. -- 臺北市：
釀出版, 2013.04
面； 公分. --（釀文學138；PG0914）
BOD版
ISBN　978-986-5871-22-2（平裝）

857.63　　　　　　　　　　　　102002253

讀 者 回 函 卡

感謝您購買本書，為提升服務品質，請填妥以下資料，將讀者回函卡直接寄回或傳真本公司，收到您的寶貴意見後，我們會收藏記錄及檢討，謝謝！如您需要了解本公司最新出版書目、購書優惠或企劃活動，歡迎您上網查詢或下載相關資料：http:// www.showwe.com.tw

您購買的書名：_____

出生日期：_____年_____月_____日

學歷：□高中 (含) 以下　　□大專　　□研究所 (含) 以上

職業：□製造業　□金融業　□資訊業　□軍警　□傳播業　□自由業
　　　□服務業　□公務員　□教職　　□學生　□家管　　□其它____

購書地點：□網路書店　□實體書店　□書展　□郵購　□贈閱　□其他

您從何得知本書的消息？

　□網路書店　□實體書店　□網路搜尋　□電子報　□書訊　□雜誌

　□傳播媒體　□親友推薦　□網站推薦　□部落格　□其他_____

您對本書的評價：(請填代號　1.非常滿意　2.滿意　3.尚可　4.再改進)

　封面設計____　版面編排____　內容____　文／譯筆____　價格____

讀完書後您覺得：

　□很有收穫　□有收穫　□收穫不多　□沒收穫

對我們的建議：_____

_____

_____

_____

11466

台北市內湖區瑞光路 76 巷 65 號 1 樓

秀威資訊科技股份有限公司　　　收

BOD 數位出版事業部

....

（請沿線對折寄回，謝謝！）

姓　　名：_____　年齡：_____　性別：□女　□男

郵遞區號：□□□□□

地　　址：_____

聯絡電話：(日) _____　(夜) _____

E-mail：_____